# AMÁLGAMA

# AMÁLGAMA
## CONTOS (E ALGUNS POEMAS)

# RUBEM FONSECA

POSFÁCIO DE
**FLÁVIO CARNEIRO**

EDITORA
NOVA
FRONTEIRA

3ª edição

© 2013 by Rubem Fonseca

Direitos de edição da obra em língua portuguesa no Brasil adquiridos pela EDITORA NOVA FRONTEIRA PARTICIPAÇÕES S.A. Todos os direitos reservados. Nenhuma parte desta obra pode ser apropriada e estocada em sistema de banco de dados ou processo similar, em qualquer forma ou meio, seja eletrônico, de fotocópia, gravação etc., sem a permissão do detentor do copirraite.

EDITORA NOVA FRONTEIRA PARTICIPAÇÕES S.A.
Rua Candelária, 60 — 7º andar — Centro — 20091-020
Rio de Janeiro — RJ — Brasil
Tel.: (21) 3882-8200

Dados Internacionais de Catalogação na Publicação (CIP)
(Câmara Brasileira do Livro, SP, Brasil)

Fonseca, Rubem
    Amálgama / Rubem Fonseca; posfácio Flávio Carneiro. - 3. ed. -
Rio de Janeiro: Nova Fronteira, 2021.
136 p.

ISBN 978-65-56401-49-2

1. Conto 2. Contos brasileiros I. Título.

20-51788                                                             CDD-B869.3

Índices para catálogo sistemático:
1. Contos : Literatura brasileira B869.3
Aline Graziele Benitez - Bibliotecária - CRB-1/3129

# SUMÁRIO

| | |
|---|---|
| O filho | 7 |
| Noite | 11 |
| Segredos e mentiras | 13 |
| Sopa de pedra | 23 |
| Amor | 25 |
| Decisão | 27 |
| Viver | 33 |
| Isto é o que você deve fazer | 35 |
| Restos | 37 |
| Conto de amor | 39 |
| Perspectivas | 41 |
| Poema da vida | 45 |
| O ciclista | 47 |
| Sentir e entender | 51 |
| O espreitador | 53 |
| Devaneio | 59 |
| O matador de corretores | 63 |
| Escrever | 67 |
| A festa | 69 |
| Best-seller | 75 |
| Na hora de morrer | 81 |

| | |
|---|---:|
| Borboletas | 83 |
| Lembranças | 89 |
| João e Maria | 91 |
| O aprendizado | 95 |
| Floripes | 99 |
| Sem tesão | 103 |
| Animal de estimação | 105 |
| Sonhos | 107 |
| Fábula | 111 |
| Premonição | 113 |
| Os pobres e os ricos | 117 |
| Crianças e velhos | 119 |
| Foda-se | 123 |
| | |
| Alquimia *(Flávio Carneiro)* | 127 |
| O autor | 133 |

# O FILHO

Jéssica tinha 16 anos quando ficou grávida.

É melhor tirar, disse a mãe dela. Você sabe quem é o pai?

Jéssica não sabia. Respondeu, não interessa quem é o pai, são todos uns merdas.

Combinaram que iam fazer o aborto na casa da mãe de santo d. Gertrudes, que fazia todos os partos e abortos daquela comunidade.

D. Gertrudes era uma mulher gorda, muito gorda, preta, muito preta, e suas rezas para afugentar os maus espíritos eram extremamente eficazes. D. Gertrudes fazia esconjurações, proferindo imprecações e rogando pragas misturadas com bênçãos; fazia orações contra o quebranto e o mau-olhado; orações contra os espíritos obsessivos; orações para fechar o corpo contra todos os males; orações para exorcizar o demônio. E tinha uma oração especial, a Oração da Cabra Preta.

Na véspera de realizar o aborto, Jéssica falou com a mãe que havia decidido ter o filho e que se fosse menino ia se chamar Maicon e se fosse menina, Daiana.

Vai ter o filho?

Vou.

Ficou maluca. Como é que você vai criar?

Qual o problema? Se der muito trabalho eu posso dar o bebê, ou melhor, posso vender. Tem um monte de gente interessada em comprar bebês. A Kate vendeu o bebê, você sabia?

Vendeu?

Vendeu. Mas não conta para ninguém. Ela me pediu segredo.

Naquele mesmo dia a mãe de Jéssica, d. Benedita, foi procurar a Kate.

Quando d. Benedita falou sobre a venda do bebê, Kate ficou branca.

O pessoal não pode saber, pelo amor de Deus, o pessoal não pode saber.

Por quê? Qual o problema?

Eu não disse lá em casa que tinha vendido, disse que tinha dado. Fiquei com o dinheiro só para mim, se o meu pai e a minha mãe souberem vão me encher de porrada.

Quanto lhe pagaram?

Não digo, não digo.

Quem comprou?

Chega, d. Benedita.

Kate se afastou correndo.

D. Benedita não desistiu. Foi procurar a mãe de santo d. Gertrudes e disse que queria fazer Kate lhe contar quem havia comprado o seu bebê.

Misifia, isso é coisa de Satanás, disse d. Gertrudes, é preciso uma oração contra o demônio. Deve-se repetir muitas vezes, misifia.

D. Gertrudes fez repetidas vezes o sinal da cruz e começou a orar em voz alta:

Eu, como criatura de Deus, feita à Sua semelhança e remida com o Seu santíssimo sangue, vos ponho preceito, demônio ou demônios, para que cessem os vossos delírios, para que esta criatura não seja jamais por vós atormentada com as vossas fúrias infernais. Pois o nome do Senhor é forte e poderoso, por quem eu vos cito e notifico, que vos ausenteis deste lugar que Deus Nosso Senhor vos destinar; porque com o nome de Jesus vos piso e rebato e vos aborreço do meu pensamento para fora. O Senhor esteja comigo e com todos nós, ausentes e presentes, para que tu, demônio, não possas jamais atormentar as criaturas do Senhor. Amarro-vos com as cadeias de

São Paulo e com a toalha que limpou o santo rosto de Jesus Cristo para que jamais possais atormentar os viventes.

Depois de recitar a sua oração, d. Gertrudes rodopiou pela sala e caiu no chão, desmaiada.

D. Benedita voltou a se encontrar com Kate, que, como se estivesse em transe, lhe contou quem comprara o bebê, a quantia, tudo.

Mas d. Benedita não disse isso para Jéssica. Estava decidida a vender o bebê ela mesma, pois precisava de dinheiro para comprar uma dentadura.

O tempo foi passando e a barriga de Jéssica crescendo. Jéssica era uma menina miúda, raquítica, não chegava a ter um metro e meio de altura, mas a sua barriga era imensa, e as pessoas diziam que nunca tinham visto uma barriga daquele tamanho.

É menino, dizia Jéssica, e vai ser grandão, grandão e bonito, vocês vão ver.

Jéssica foi se arrastando ao cafofo de d. Gertrudes para ser examinada.

Vai ser amanhã, disse d. Gertrudes. Venha preparada.

Jéssica dormiu mal aquela noite, pensando no filho. Não ia vender o bebê, queria lhe dar de mamar, seus peitos já estavam cheios de leite.

No dia seguinte, levando um pequeno cobertor e um lençol rendado para agasalhar o bebê, Jéssica foi para a casa de d. Gertrudes.

D. Benedita fez questão de acompanhá-la. Seu plano era pegar o bebê imediatamente após o parto e sair correndo com ele debaixo do braço para se encontrar com o comprador de bebês, com quem ela já havia combinado tudo. Ela também havia levado panos para envolver o bebê.

O parto correu normal. O bebê nasceu, era menino.

D. Benedita imediatamente olhou o bebê e saiu correndo da casa de d. Gertrudes.

Mas d. Benedita saiu correndo sem levar o bebê. Saiu sozinha com o olho arregalado como se Satanás tivesse entrado no seu corpo.

D. Gertrudes envolveu o bebê nos panos que Jéssica trouxera.

Pode levar o bebê para casa, disse d. Gertrudes.

Jéssica então olhou o filho. Não disse uma palavra. Pegou o bebê envolto no cobertor e no pequeno lençol de renda e saiu da casa de d. Gertrudes.

Foi caminhando lentamente pela rua até que encontrou a primeira lata de lixo grande. Então jogou o bebê na lata de lixo.

O bebê era aleijado. Só tinha um braço. Ela não ia dar de mamar nem ninguém ia querer comprar aquela coisa.

# NOITE

Estou olhando as mulheres passarem na rua em frente deste reles botequim.

O cara me diz, meu irmão, pode descolar uma grana para um sujeito faminto?

Foda-se, respondo.

Eu podia estar assaltando, mas estou pedindo — ele não sabia se ameaçava ou suplicava.

Foda-se, repito.

Não consigo ver bem seus olhos ansiosos de cão vadio; é uma dessas noites escuras, propícia para os pés-rapados foderem as rameiras no cantão e terem um alívio agônico enquanto o dia afinal não chega com ânsias mais horrendas.

# SEGREDOS E MENTIRAS

Tenho uma tendência à prolixidade, uso mais palavras e frases do que o necessário e acabo me tornando enfadonho. Não existe nada pior do que ler um texto fastidioso. Por isso tentarei ser o mais conciso possível ao narrar esta história.

Meu pai morreu quando eu ainda era criança, tinha 11 anos de idade. Ele deixou recursos suficientes para minha mãe cuidar da casa e de mim com todo conforto.

Minha mãe se chamava Emília, meu pai, Murilo.

Ele era muito carinhoso, tratava minha mãe com amor, nunca brigou comigo quando eu fazia as minhas traquinagens de criança. Quem me punha de castigo era minha mãe. Sempre achei engraçado o fato de ele e a minha mãe terem olhos negros e os meus serem azuis.

Um dia minha mãe disse que o meu pai tinha sido hospitalizado. Ela não me explicou bem a razão, passava o dia no hospital e parecia estar muito deprimida. Certa ocasião em que ela não estava em casa eu atendi o telefone. Era um delegado de polícia, que pediu que eu dissesse à minha mãe que ele precisava falar com ela urgentemente.

Minha mãe não se casou novamente. Era uma mulher bonita, ainda relativamente jovem quando o meu pai morreu, mas não se interessou por nenhum homem.

Vivia preocupada com a minha saúde. Eu era um menino muito magro, e se desse um espirro ela corria para me levar ao médico.

Não adiantava o dr. Cardoso dizer que eu tinha uma saúde de ferro e era forte como um touro.

"Forte como um touro? Olha os bracinhos dele, as costelas aparecendo, as olheiras..."

"D. Emília, essas olheiras são uma simples concentração de melanina nas pálpebras inferiores. Sabe qual a origem? Hereditariedade. Ele herdou isso da senhora."

Durante a adolescência eu me apaixonei várias vezes, creio que isso acontece com todo garoto ao entrar na puberdade. Quando chegou a ocasião de ir para a faculdade, escolhi medicina. Fui um bom aluno e me especializei em clínica médica, ou clínica geral. Na faculdade namorei uma colega de classe, Denise. Quando terminou o curso ela foi fazer uma especialização nos Estados Unidos, e o nosso namoro terminou. Um dia tive uma surpresa agradável. Encontrei Denise numa conferência médica. E reatamos o namoro.

Eu me encontrava com Denise diariamente. Mas aconteceu algo muito perturbador. Ela detestou a minha mãe, que por sua vez achou Denise uma mulher feia, antipática e velha. (Denise era dois anos mais velha do que eu.) "Por favor, meu filho, não traga mais essa mulher aqui."

Continuei me encontrando com Denise, sem que a minha mãe soubesse. Denise queria que morássemos juntos, mas eu não tinha coragem de deixar a minha mãe sozinha no apartamento dela.

Por essa época notei que a minha mãe não estava com bom aspecto, tossia muito e tinha dificuldade de respirar. Obriguei-a a fazer uma série de exames cujo resultado eu suspeitava. Ela estava com um câncer pulmonar. Apenas um pulmão fora afetado. O médico que estava cuidando dela indicou o procedimento cirúrgico, que deveria ser feito imediatamente para evitar que o tumor se espalhasse para fora do pulmão através de metástase. Ao mesmo tempo, minha mãe seria submetida à quimioterapia.

Gostaria de não precisar falar mais da doença da minha mãe. Mas ela está entrelaçada a tantas histórias, umas estranhas, outras inacreditáveis, outras assustadoras, que eu não posso deixar de narrar.

O tumor da minha mãe tornara-se metastático. Não havia nada a fazer, apenas evitar a dor com doses de morfina.

Certa ocasião minha mãe disse que precisava me contar um segredo. Ela puxou a minha cabeça de maneira a encostar a boca na minha orelha. Notei rapidamente que as pupilas dos seus olhos estavam fortemente constritas. Ela estava sedada com morfina, e eu pensei que ela devia estar sofrendo uma alucinação.

"Seu pai... seu pai...", ela sussurrou, "seu pai... Não sei como dizer isso... seu pai se matou. Ele se matou, se matou..."

Fiquei olhando o rosto envelhecido, debilitado da minha mãe. Ela fez um gesto, dando a entender que queria falar mais. Aproximei meu ouvido da sua boca.

"Seu pai... seu pai..." Calou-se, os olhos fechados. Pensei que estava dormindo. Mas não.

"Seu pai... Não tenho coragem... coragem... Não tenho coragem de contar a verdade, o que realmente aconteceu..."

Minha mãe calou-se novamente. Aquelas foram as últimas palavras que ouvi da sua boca. Ela entrou em coma e algum tempo depois faleceu.

Denise apresentou as condolências de praxe, conseguindo esconder a satisfação que a morte da minha mãe certamente lhe causara. Eu decidi que não contaria para ela a história do suicídio do meu pai.

"Meu querido", disse Denise num dos nossos encontros, "não podíamos resolver nada enquanto a sua mãe estava viva, mas agora... Eu quero ter filhos e, com a minha idade, dentro em pouco não terei condições..."

Respondi que não podia lhe dar uma resposta, para ela esperar mais um pouco. Denise irritou-se e tivemos uma discussão desagradável.

Aquela conversa com a minha mãe agonizante não saía de minha mente. Eu precisava saber mais sobre o suicídio do meu pai, que ocorrera há trinta anos, quando eu tinha 11. Lembrei-me de que a delegacia do nosso bairro teria se envolvido no suicídio, não sabia qual a razão, suicídio não tem que ser registrado e investigado pela polícia, a menos que haja suspeita de alguma ilegalidade.

Na delegacia, depois que esclareci os motivos da minha visita, fui encaminhado ao cartório, onde um escrivão me atendeu. Dei a ele o nome do meu pai — Murilo Serpa — e a data em que ele teria cometido suicídio.

"Isso ocorreu há mais de trinta anos", disse ele, "vou ter que fazer uma pesquisa nos arquivos, o senhor volte aqui dentro de 15 dias."

"Quinze dias?"

"Meu senhor, a ocorrência, se é que existe algum registro, é de mais de trinta anos."

Liguei para Denise, mas a empregada que atendeu o telefone disse que a sua patroa pedira que eu não ligasse mais para ela.

Nesse dia em que fui à delegacia conheci, no elevador do prédio onde fica o meu consultório, uma jovem muito bonita.

"Sempre o encontro no elevador, mas você — posso chamá-lo de você? — está sempre pensativo. Várias vezes eu o cumprimentei com um sorriso e você nem percebeu."

Creio que fiquei ruborizado. Coisa ridícula isso acontecer com um sujeito de quarenta anos.

"Não sei como isso pode ter ocorrido, eu não notar a presença de uma jovem tão bonita..."

Fomos tomar um expresso no bar da esquina.

"Sou viciada em café expresso", ela disse. "Há quem diga que o café, consumido moderadamente, digamos cinco xícaras por dia, evita problemas como mal de Parkinson, depressão, diabetes, câncer do cólon. Além disso, o café contém vitamina B, lipídios, aminoácidos. Outros afirmam que o café pode causar câncer de mama, psoríases, gastrite e cistite. Qual a sua opinião de médico?"

"Como você sabe que eu sou médico?"

"Pelo anel de grau: uma cobra de cada lado e uma esmeralda no centro."

"Eu não uso anel de grau."

"Estou brincando. Perguntei: quem é aquele moço alto, magro, bonito, que está sempre bem-vestido? Responderam: é o dr. Pedro Luiz."

"E o seu nome? Qual é?"

"Elizabeth. Mas pode me chamar de Bety."

"E qual a sua profissão?"

"Você tem que descobrir pelo meu anel de grau. Ah, agora me lembrei, eu também não uso anel de grau."

Como já disse, eu era capaz de diagnosticar por meio da observação dos sintomas que tipo de enfermidade afetava o meu cliente, mas, no caso de Bety, não conseguia chegar a nenhuma conclusão. Qual seria a profissão dela? As roupas que usava podiam indicar uma funcionária pública, uma professora de curso primário, uma estudante...

"Você podia me dar o seu cartão?"

"No momento não tenho nenhum cartão comigo", respondi.

"Não tem problema. Sei todos os seus telefones. E os endereços", disse ela, se afastando.

Um pouco adiante ela virou-se para mim e disse:

"Sou médica, como você. Somos colegas de profissão."

Pensei que Elizabeth fosse ligar para mim nos próximos dias, mas isso não ocorreu. Talvez o nome dela nem fosse aquele.

Quem me telefonou foi o escrivão da delegacia, dizendo que queria me fazer uma comunicação "pessoalmente".

O escrivão recebeu-me sentado a uma mesa, tendo à sua frente uma pasta cinzenta.

"O nome do seu pai era Murilo Serpa?"

"Sim."

"Sabe por que demorei tanto tempo para encontrar os documentos referentes à ocorrência policial?"

"Não, não sei."

"Porque o seu pai não cometeu suicídio."

"Não?"

"Seu pai foi assassinado."

"Assassinado? Assassinado?"

*Amálgama*

"Sim. Dois tiros na cabeça. A polícia não conseguiu estabelecer a autoria do crime."

"Mas... mas como foi que isso aconteceu?"

"Ele estava abrindo a porta do carro na garagem do seu escritório quando um homem não identificado se aproximou e fez os dois disparos. Uma pistola automática, calibre 45. Morte instantânea, conforme o laudo do exame cadavérico realizado no IML."

Naquela noite não consegui dormir. Era aquele acontecimento, aquela informação que a minha mãe não conseguiu me transmitir no momento em que entrou em coma. Meu pai fora assassinado. Quem o assassinara?

Passei o dia em casa mexendo em papéis que a minha mãe guardava numa gaveta fechada à chave. Então encontrei um papel cuja leitura me deixou pasmo.

Era a carta de um advogado à qual estava presa, por um clipe, uma certidão de nascimento. A certidão era minha, Pedro Luiz Serpa, filho de Murilo Serpa e Emília Serpa etc. etc.

A carta do advogado, em papel timbrado, dizia:

*Prezados amigos. Consegui um registro em que o nome do pai do menino aparece como Murilo Serpa. Assim a senhora não precisa se preocupar, d. Emília, para sempre e para todos os efeitos o pai do menino é o sr. Murilo. A certidão em anexo está em conformidade com a lei. Cordialmente, Ramiro Santos.*

Então o meu pai não era o meu verdadeiro pai. Era essa a revelação que a minha mãe não teve coragem de fazer no seu leito de morte.

Fiquei tão abalado que nem fui trabalhar nesse dia.

Creio que havia transcorrido uma semana quando fui surpreendido por um telefonema.

"Pedro Luiz?"

"Sim."

"Preciso me encontrar com você, para conversarmos."

"Quem está falando?"

"Elizabeth, a Bety."

"No café expresso, daqui a meia hora?"

"Uma hora", respondeu Elizabeth.

Como sempre faço, cheguei com antecedência. Elizabeth demorou tanto, pensei até que faltaria ao encontro.

"Desculpe a demora", disse Elizabeth ao chegar.

Ela mostrava-se inquieta, ansiosa.

"Tudo bem, Elizabeth."

"Meu nome não é Elizabeth. É Helena. E não sou médica."

"Você disse alguma verdade para mim?"

"Disse, que gosto de café expresso."

Ficamos em silêncio enquanto Elizabeth, Helena, sei lá qual o verdadeiro nome dela, tomava uma xícara de café.

"Alguma coisa está preocupando você?"

"Posso tomar mais um?"

"E a gastrite?"

"Todo vício é nocivo à saúde, café, cigarro, açúcar..."

"Você queria conversar comigo. Estou às ordens."

"É sobre seu pai."

"Eu já sei de tudo. Ele foi assassinado."

"Não esse. O seu pai verdadeiro. Ele está muito doente e gostaria de ver você."

"Pai verdadeiro? Quem é ele?"

"O nome dele é Marcos."

"Ele teve dezenas de anos para me procurar e decidiu fazer isso somente agora? Não sei se quero vê-lo."

"Ele está à morte. Você não pode ser tão cruel assim."

"Repito, não estou interessado em conhecer esse indivíduo."

"Por favor. Eu lhe peço." Helena ficou algum tempo calada, roendo as unhas. "Ele é meu pai também. Somos irmãos por parte de pai."

"Somos irmãos?"

"Sim. Reparou como nossos olhos são iguais?"

Helena tinha olhos azuis parecidos com os meus.

"Está bem. Onde ele está?"

"No hospital. Esperando por nós."

Fomos para o hospital.

Meu pai estava num quarto, com um enfermeiro ao seu lado. Quando entramos ele pediu ao enfermeiro que nos deixasse a sós. O enfermeiro saiu do quarto.

O homem que estava na cama hospitalar era um velho de cabelos brancos, rosto encovado coberto de efélides. Mas os seus olhos azuis tinham um brilho forte, não pareciam pertencer àquele rosto macerado.

"É ele, Helena?"

"Sim, papai, é ele."

"Meu filho, eu sei, eu sinto que hoje é o meu último dia de vida. E antes de morrer quero lhe pedir perdão."

Ao dizer isso teve uma dispneia, uma dificuldade respiratória que nos obrigou a chamar o enfermeiro.

"Ele tem tido essas crises frequentemente", disse o enfermeiro. Notei então um cilindro de oxigênio munido de válvula de controle com uma máscara, que o enfermeiro colocou no rosto do doente.

Algum tempo depois a dificuldade respiratória cessara. Novamente o enfermeiro foi instado a sair do quarto.

Quando o enfermeiro se retirou, o velho que se dizia meu pai disse:

"Sua irmã já sabe o que vou lhe contar. Eu peço que você me perdoe. Você me perdoa?"

Helena agarrou a minha mão com força.

"Sim", eu disse.

"Eu matei o Murilo Serpa. Fui eu quem deu os dois tiros de pistola na cabeça dele. Eu amava Emília, mas ela não queria saber de mim, queria viver com o Serpa. Aquele maldito..."

Logo após fazer isso Marcos deu um suspiro agônico, agudo, estridente e morreu.

Helena e eu ficamos olhando o morto, sem saber o que dizer. Então Helena começou a chorar.

Saí do hospital, Helena que cuidasse do enterro, da cremação ou lá do que fosse. Eu queria esquecer aquele assunto.

# SOPA DE PEDRA

Um escrevia o nome da mulher amada com letras de macarrão
Enquanto a sopa esfriava no prato.
Outro era metade solidão e metade multidão.
Estou de olho neles.
Um andava com a espada sangrenta na mão.
Outro fingia que sentia o que de verdade sentia.
Este dizia que não cabe no poema o preço do feijão.
Estou de olho neles.
Este vê a vida como origem da sua inspiração,
A vida que é comer, defecar e morrer.
Todo poeta é maluco.
Estou de olho neles.
E também tem que ser maluco o pintor
E o músico e o prosador.
A loucura é muito boa
Para todo o criador.
Mesmo para os cozinheiros
Ou qualquer inventor.
Estou de olho neles.
É melhor ser capenga do que cego.
A poesia é uma sopa de pedra.
Cabe tudo dentro dela.

# SOPA DE PEDRA

# AMOR

Nunca vejo o umbigo, a blusa deixa à mostra apenas quatro dedos de ventre e de dorso. Ela é branca, não uma alvura de lírio, há a radiância do sangue deslizando sob a pele que não sei descrever. Dá vontade de cheirar, de lamber. Às vezes a blusa que usa permite ver a fenda que separa os seios, e posso imaginar a curvatura, a sinuosidade que termina nos mamilos. Sinto mais do que desejo, sinto estupor quando imagino os seios dela. Qual a cor dos mamilos? Devem ter a mesma cor da aréola. Seus cabelos são castanho-escuros, aréolas e mamilos não devem ter um tom rosa muito forte.

Na Bíblia está tudo dito: "És toda bela, minha amada, e não tens um só defeito! Teus seios são dois filhotes, filhos gêmeos de gazela, pastando entre açucenas..." Não posso deixar ela perceber o que sinto.

Você está bem?, ela pergunta.

Dor de cabeça, respondo.

Você nunca melhora, vai ao médico.

Nenhum médico, ou feiticeiro, dá jeito nisso, quem me dera um médico abrir minha cabeça e arrancar ela de lá. Não estou aguentando vê-la andar perto de mim, o movimento das pernas, os quadris, o sutil movimento das nádegas.

Adeus, digo.

Saio para a rua. Sento numa casa que vende empadas. Uma mulher, na mesa ao lado, com uma pequena colher, alimenta de papinha um bebê num carrinho. Deve ser a mãe, só mãe se entrega a um trabalho desses. É bem verdade que já dei comida na boca de um cachorro vira-lata doente que morava com mendigos na praça perto da minha casa. Em outra mesa uma mulher velha come uma empada, lenta e triste. Mora sozinha, não tem pressa em voltar para casa, ninguém a espera.

Fico ali sentado até a dona, uma gorda, me dizer que vai fechar a loja. Também não tenho vontade de voltar para casa, ninguém me espera, digo.

Sua cara está triste, a gorda diz, o amor não correspondido faz o rosto mais triste do mundo. Quer dormir aqui?

Vou andando, e as lojas fecham as portas de aço, se defendendo da alma penada que passa em frente. Vitrines, atrás de grades e arames protetores, também se apagam. As ruas começam a ficar escuras.

# DECISÃO

Estou esperando. O quê? Uma coisa que ainda não aconteceu, é claro. Vou confessar: estou emboscado. Se fosse antigamente, muito antigamente, isso significaria que eu estava escondido num bosque, mas eu estou de tocaia na casa do sujeito que vou matar.

Pensei que a casa estivesse vazia e uma mulher apareceu e começou a gritar. Pedi, por favor, não grite, não vou lhe fazer mal, mas ela abriu a janela e passou a gritar com voz esganiçada, socorro, socorro, socorro. O que eu podia fazer? Depois do terceiro socorro dei-lhe uma pancada na cabeça com a coronha da pistola. Eu não mato mulher. É uma decisão minha. Por isso eu não matei aquela megera, minha tia, se é que era mesmo minha tia.

Depois de limpar o sangue com uma toalha, coloquei-a cuidadosamente na cama, a cabeça sobre o travesseiro, sua roupa bem-arrumada. Tirei os seus sapatos. Eram sapatos finos, as solas novas, ela não devia andar muito com aqueles sapatos. Quem seria aquela mulher, pensei, enquanto a amarrava na cama com tiras dos lençóis que rasgara. Que relação teria com o homem que eu ia matar? Ela não usava qualquer aliança, na casa não havia qualquer retrato seu e pelas informações que me haviam dado ninguém morava com ele, nem mulher, nem filhos. Não parecia uma empregada doméstica, as roupas que usava eram caras, suas unhas estavam bem-manicuradas, aquelas mãos não lavavam panelas nem esfregavam chão, e no pulso ela exibia um Rolex de ouro com luneta cravejada de diamantes. Abri sua boca e verifiquei que os seus dentes eram perfeitos, não havia uma única cárie. Essa constatação diminuiu, de certa maneira, um pouco do arrependimento que eu sentia por ter agredido a mulher. Meus dentes são péssimos, já arranquei vários, quando era pobre fui banguela, isto é, sem vários dentes da frente, ria com a mão tapando a boca, mas depois que arranjei esse emprego, vamos chamar assim esta minha atividade remunerada, fiz implantes dentais e hoje gargalho com a boca aberta, quer dizer, poderia gargalhar com a boca aberta se quisesse, mas não quero, rio pouco, deve ser uma sequela do meu tempo de desdentado.

Minha mãe morreu quando eu era criança e não conheci meu pai. Fui criado por uma tia, ela dizia que era minha tia, mas eu desconfiava que era mentira. Ela me botou para trabalhar com 11 anos e me obrigava a dar o dinheiro para ela. Eu passava fome, comia um pão com café de manhã e tomava uma sopa no almoço e outra sopa no jantar. Eu sabia ler, e esse era o meu maior prazer, ou melhor, o meu único prazer. Lia tudo que encontrava, e a única coisa que roubei, ou melhor, as únicas coisas que roubei foram livros. Era fácil entrar numa livraria e roubar um livro. Eu furtava um livro por dia e lia de noite, deitado na cama. E a minha tia, ou lá o que fosse, me surrava dizendo moleque burro, se vai roubar rouba alguma coisa que eu possa vender. Ela batia com o que tivesse à mão, uma vez me espancou com uma panela. Logo que foi possível fugi, eu devia ter uns 15 anos, e fui morar na casa de uma velha corcunda e trôpega que eu ajudava a atravessar a rua quase que diariamente. Contei a ela os meus dissabores e ela disse vem morar comigo.

Minha vida mudou. Passei a comer bem e a dormir numa cama decente. Ela dizia que se tivesse dinheiro ia mandar consertar os meus dentes, mas eu respondia que era feliz assim mesmo banguela. A gente sente o que a gente quer sentir.

Sei que ninguém é inocente, todo mundo cometeu alguma transgressão, alguma maldade, ou crueldade; se eu fosse religioso diria cometeu algum, ou vários, dos pecados capitais: avareza, gula, inveja, ira, luxúria, orgulho e preguiça.

Voltando ao meu trabalho atual. Quem era aquela mulher que eu fora obrigado a agredir?

Fiquei sentado na cama esperando ela acordar. Não demorou muito e a mulher começou a gemer. Quando abriu os olhos e me viu, ela tentou se levantar da cama e eu fiz a minha cara de mau, encostei o cano da Glock no rosto dela e disse, rosnando, que lhe daria um tiro na boca se ela não ficasse calada.

Fiz uma nova inspeção na casa. Não havia um único livro, nem papéis, nem molduras com retratos, apenas algumas roupas. Nem um telefone fixo (para falar a verdade eu também não tenho, só uso o celular, é fácil de jogar fora e comprar um novo). O meu alvo, vamos chamá-lo assim, não devia residir naquele local. E se o contratante tivesse se enganado? Isso era difícil, ele não se enganava nunca. Uma coisa era certa: não era a residência da mulher.

Com o meu celular tirei uma foto da mulher e várias da casa. Sempre faço isso.

Verifiquei se a minha Glock .40 estava pronta para ser usada, evidentemente com o safety lock ativado para evitar disparos acidentais.

Estou esperando. Saber esperar é uma virtude. Você não pode ficar impaciente, nervoso, sôfrego, aflito, ansioso, isso pode foder com o seu trabalho. Eu sempre fico calmo, não importa o tempo que tenha de esperar.

A campainha da porta tocou. Não me assustei, não disse que nunca me assusto? Certamente não era quem eu queria, ele teria a chave da porta. Eu não podia verificar pelo olho mágico, a sala onde eu estava era muito clara, a pessoa que estava na porta, fosse ela quem fosse, perceberia que o visor havia escurecido e que alguém estava na casa.

Fiquei quieto, olhando para a porta. A campainha tocou novamente. Continuei sentado na poltrona da sala, olhando tranquilo para a porta com a minha Glock na mão. Bocejei, mas creio que não foi um gesto involuntário, eu estava me exibindo para mim mesmo. Faço muito isso, me ajuda de uma maneira inexplicável, misteriosa.

Você é aquilo que você quer ser. Assim como aquele italiano disse que as coisas são para nós o que parecem ser e não o que são de verdade, nós também somos o que a nossa imaginação diz que somos e não o que somos na realidade, somos uma representação subjetiva da nossa imaginação. Sei que isso parece complicado, mas não é. Por exemplo: eu não quero ser infeliz e não sou; não quero ser covarde e não sou; não quero ser ansioso e não sou. Repito: você é aquilo que você quer ser, assim como você sente aquilo que quer sentir.

A campainha soou novamente.

Dei outro bocejo. O que posso fazer? É uma pantomima? Não exatamente, é uma forma de exprimir ideias e sentimentos por meio de gestos, expressões faciais e corporais. O meu bocejo era uma forma de mostrar enfado. Não é isso que devo sentir enquanto espero a oportunidade de matar uma pessoa?

Voltei para o quarto onde a mulher estava deitada. Sentei na beira da cama.

Quem é você, perguntei.

Meu nome é Sônia.

O que você veio fazer aqui?

Vim me encontrar com Davi, o meu namorado. Aqui é o lugar onde nos encontramos.

Davi era o nome do sujeito que eu devia matar.

Por que neste lugar?

Davi disse que aqui era menos perigoso.

Perigoso por quê?

Não sei, ele é que sabe.

Você trabalha em quê?

Eu não trabalho.

Então é rica, para poder se vestir assim e exibir um relógio tão caro.

É o Davi quem compra para mim.

Vocês namoram há quanto tempo?

Desde que a gente era criança. Sempre escondido, a minha família não gostava dele e a família dele não gostava de mim.

Voltei para a sala, sentei na poltrona e esperei.

Ouvi o barulho da chave na porta.

Esperei o visitante entrar.

Fecha a porta, eu disse, apontando a Glock para ele.

Ele fechou. Estava apavorado.

Sua namorada está no quarto, deitada na cama. Fui obrigado a dar uma coronhada na sua cabeça, estava gritando muito. Mas não é nada grave. Outra coisa: é melhor você sumir, estão querendo matar você. Desaparece o mais rápido possível, entendeu?

Ele fez um gesto afirmativo com a cabeça.

Saí, peguei o elevador. Fui andando calmamente pela rua.

Não matei o cara e perdi uma boa grana. Mas ele era um anão. Anão também não mato.

# VIVER

Como já lhe disse, doutor, durante algum tempo Denise trabalhou como balconista de uma loja de sapatos, e eu era subgerente de um supermercado. Quando fui promovido a gerente e passei a ganhar bem, Denise parou de trabalhar, ela dizia que era cansativo ficar o dia inteiro de pé atendendo as freguesas, algumas antes de comprar experimentavam vários sapatos, a loja estava sempre cheia, sabe como é, doutor, mulher é louca por sapato, ela pode ter um só vestido, mas sapatos tem uns dez pares. Quando eu chegava em casa, Denise costumava estar de banho tomado e toda arrumada e perfumada, mas isso não durou muito tempo. Ela ficou, como já lhe disse... desmazelada, sem se cuidar, deixou de tomar banho todo dia. Eu dizia Denise vamos tomar banho, e ela respondia que estava cansada e continuava sentada no sofá, às vezes deitada. Sempre que eu chegava em casa ela estava no sofá, na maioria das vezes deitada, com um ar pensativo. Quando perguntei está pensando em quê, minha querida, ela respondeu, na vida. Alguém disse que tinha medo de viver, quem foi?, Denise perguntou. Respondi brincando, eu tenho medo de morrer. Eu não, disse Denise, viver é uma coisa assustadora. Quando ouvi isso eu fiquei apreensivo e vim conversar com o senhor e lhe contei esta história que estou repetindo. Segui o seu conselho, convenci Denise a voltar a trabalhar, como balconista da mesma sapataria. Depois de algum tempo trabalhando ela ficou boa. Tomamos banho juntos duas vezes ao dia, quando saímos para trabalhar e quando voltamos para casa. Muito obrigado, doutor, o senhor salvou a minha vida. A minha e a da Denise.

# ISTO É O QUE VOCÊ DEVE FAZER

"Isto é o que você deve fazer; ame a terra e o sol e os animais, despreze os ricos, dê esmolas a todos que pedirem, defenda os inocentes e os loucos..."

Walt Whitman

Ele está matando os gatos aqui no parque. Joga-os dentro do lago e fica olhando os animais se afogarem. Creio que ele, o matador de gatos, está sorridente, mas não tenho certeza, não consigo ver seu rosto. Qual será o prazer de matar um gato? Quem mata um gato é capaz de matar uma pessoa?

Eu não mato nem barata, claro que sinto certo nojo dela, mas prefiro afugentá-la — ela foge, é medrosa — do que matá-la, da maneira que todos fazem, esmigalhando-a com os pés, os pés calçados, pois com os pés descalços os matadores de barata não têm coragem.

Vigio esse sujeito há algum tempo. Ele chega cedo, quando o parque ainda está vazio, e se aproxima dos gatos com sardinhas na mão; os gatos estão famintos, a direção do parque, que devia alimentá-los, não o faz. Quando um gato, sentindo o aroma daquele manjar, se aproxima, o sujeito joga um pano sobre ele, envolve-o, imobilizando-o, vai até a beira do lago e o atira lá dentro. Percebo com nitidez que ele, o matador de gatos, está sorridente, um sorriso de prazer de quem satisfez uma aspiração, algo mais que um desejo.

O que eu devo fazer? Apenas observar? Aproximei-me do indivíduo logo após o gato sumir nas águas do lago e perguntei se ele me permitia uma pergunta.

Claro, respondeu.

O senhor também mata cachorros?

Ele parou pensativo. Estaria surpreso com a minha pergunta? Ou tentava se lembrar se já matara algum cão?

Cachorro, respondeu, só mato se for um desses lulus. Odeio esses cachorrinhos de madame, com fitinha na cabeça. Mas até agora só matei três. Não foi interessante. Matei com bola. Sabe o que é bola, não? Uma porção de carne envenenada. Esses lulus vivem comendo ração importada que a madame compra pra eles, e a minha bola é de filé-mignon, e os bichos ficam enlouquecidos e nem sentem o gosto do veneno. Uso um produto difícil de encontrar, conhecido como Composto 1080, um raticida altamente tóxico que não tem antídoto. As madames levam os bichos ao veterinário e ele não pode fazer porra nenhuma. Desculpe-me esta palavra soez, detesto nomes grosseiros.

Ele matava cães e gatos, mas não dizia palavras torpes.

Amanhã ele vai matar gatos novamente.

O que eu devo fazer? Apenas observar?

Não mato barata.

Mas aquele sujeito era pior que uma barata. Esmigalhar com os pés não dá, tenho que descobrir a maneira correta.

# RESTOS

O garçom era um velho
habituado a ouvir as queixas dos fregueses
enquanto esperava
a aposentadoria e a morte.
Tinha um rosto branco
enrugado e triste.
Enquanto isso,
a freguesa da mesa da frente,
com ávida sensibilidade de radar,
corria o olhar de um lado para o outro,
procurando machos ainda curiosos
da sua beleza evanescente.
Quando saímos,
éramos os últimos,
uma fila disciplinada de fodidos
esperava os restos finais do dia.
Os restos dos restos
iriam depois para os cães
ainda mais famintos.
Era uma mulher magra
de lábios finos.

# CONTO DE AMOR

Quando servi o Exército eu me tornei especialista em bombas. Sei fabricar qualquer tipo de bomba portátil, muito usada por terroristas. A bomba que eu estava fazendo tinha que ter efeito fulminante, para que a vítima nada sofresse. E antes da explosão, era necessário que fosse emitido um feixe de luz radiante que fizesse a vítima perceber a iminência da explosão.

A pessoa que eu queria matar era o meu filho João.

Minha mulher Jane estava grávida quando fui enviado ao exterior com um contingente do Exército a serviço das Nações Unidas. Fiquei ausente cerca de dois anos. Escrevia constantemente para Jane e ela respondia. Quando o meu filho nasceu e recebeu o nome de João, as cartas de Jane ficaram bem estranhas. Ela dizia que precisava falar comigo uma coisa muito séria, mas não sabia como. Eu respondia impaciente para ela dizer de qualquer maneira, mas ela persistia na falta de clareza, que cada vez piorava mais. Afinal, Jane deixou de responder minhas cartas.

Quando voltei da missão da ONU, corri para casa assim que desembarquei no aeroporto.

Jane abriu a porta para mim. Seu aspecto me surpreendeu. Estava envelhecida, pálida, parecia doente.

"Onde está o João?", perguntei.

Jane começou a chorar convulsivamente, apontando a porta do quarto onde ele estava.

Entrei no quarto, seguido de Jane.

João estava deitado no berço, um menino lindo, que ao me ver deu um sorriso. Peguei-o no colo. Então, tive uma surpresa que me deixou atônito. João só tinha uma perna e um braço, eram os únicos membros que possuía.

Jane estendeu-me um papel, todo amassado, uma receita médica onde estava escrito: esta criança sofre de focomelia, uma anomalia congênita que impede a formação de braços e pernas.

Jane cuidava do João com o maior cuidado e com grande carinho. Mas ela definhava cada vez mais e morreu quando João tinha seis anos. Eu dei baixa no Exército para poder cuidar do meu filho. Quando eu perguntava se ele queria alguma coisa, ele dizia "Eu quero ir para a guerra".

Sua deficiência física se agravava com a idade. Ele tinha 15 anos, mas não podia andar, estava impossibilitado de exercer as mínimas atividades físicas.

"Eu quero ir para a guerra, papai", ele pediu mais uma vez.

Então decidi que ele iria à guerra. Foi quando preparei a bomba.

Com a bomba na mão eu disse:

"Meu filho, você foi convocado para ir à guerra."

"Obrigado, meu pai querido, eu te amo muito."

Eu o amava mais ainda.

Coloquei a bomba na sua mão.

"Essa bomba vai explodir. É a guerra", eu disse.

"É a guerra", ele repetiu feliz.

Saí do quarto onde estava. Pouco depois vi o clarão.

João também viu esse clarão, feliz, antes da bomba explodir, matando-o.

Eu amava o meu filho.

# PERSPECTIVAS

Tem sempre um anão se metendo na minha vida. Até já matei um e coloquei dentro de uma mala. Fiquei um dia e uma noite sem saber o que fazer com aquela bagagem.

Matei por um motivo justo. Ele descobriu, na verdade eu lhe contei, que eu era amante de uma mulher casada — muito bem-casada, o marido dela era um banqueiro, e eu era um pé-rapado; não sou mais, mas isso é outra história. Mas o anão, como eu dizia, resolveu chantagear a mulher, e o que eu podia fazer? Matei o anão, na minha casa, e coloquei o seu corpo dentro de uma mala. Fiquei horas com a mala, às vezes eu a pegava e andava pela sala, carregando-a de um lado para o outro. Jogo no lixo?, pensava. Que lixo?, a lata de lixo da minha casa era tão pequena que mal cabia nela uma casca de banana. Eu não tinha carro, sempre achei que carro de nada serve, mas para quem tem um anão morto dentro de uma mala até que um carro tem alguma utilidade.

Depois conto o que fiz com a mala. A mulher não quis mais saber de mim, e eu a amava, ou pelo menos passei a amá-la depois que ela me deixou. Isso deve ter um nome científico, gostar mais de uma coisa depois que a perdemos, mas não sei qual é.

Sempre que via um anão na rua — e estava sempre vendo anões na rua —, eu atravessava para o outro lado. Certa ocasião vi dois anões e fiquei tão em pânico que atravessei a rua desvairadamente e quase fui atropelado por um carro. Eu tinha medo de anão? Claro, acho que todo mundo tem. Dizem que o demônio é um anão. Dizem que Azazel, o braço direito de Lúcifer, era anão.

Então eu me apaixonei novamente. Não consigo viver sem estar apaixonado, fico com insônia, dor de cabeça, unha encravada, diarreia e bursite (essa inflamação da bolsa, ou bursa, a cavidade que contém líquido seroso e reduz o atrito em articulações). Mas eu me apaixonei e todos esses distúrbios cessaram imediatamente. A paixão está na mente ou no coração?

Vocês que estão lendo estas confissões já perceberam que sou um idiota, mas não um idiota como o epilético príncipe Míchkin, do Fiódor. Antigamente, antes do tratamento com fenobarbital, ácido valproico, lamotrigina, topiramato e carbamazepina, havia um epilético em todas as famílias — meu irmão se tratou com esses remédios e ficou bom, quer dizer, em termos. Mas, repito, vocês que estão lendo estas confissões já perceberam que sou um idiota, pretensioso e exibicionista.

Como eu dizia, apaixonei-me novamente. Não era uma burguesa milionária como a outra, lembram-se dela? Era mais bonita, talvez por ser mais jovem, e a juventude tem um viço, uma louçania, um brilho, um frescor... Que frase mais pseudopoética, que palavras idiotas, viço, louçania, frescor... É tão mais simples dizer que ela era linda...

Seu nome era Margarida, mas pedia que eu a chamasse de Margô. E pedia que eu escrevesse Margaux. Eu disse que esse nome era de um lugar na Alsácia, onde produziam o vinho Château Margaux, aliás muito bom, e ela teve um ataque histérico (o primeiro), gritando, o meu nome é Margaux com a, u, x, e repetia a, u, x, até que me ajoelhei aos seus pés dizendo Margaux, Margaux, Margaux, letra por letra, e ela então sossegou.

Margaux era alta, de pernas compridas e finas, braços compridos, pescoço comprido, dedos compridos, toda ela longa. Mas os peitos eram bem redondinhos e pequeninos, e eu brincava de colocar eles inteirinhos na boca, um de cada vez, é claro. Eu não tenho boca grande, faço questão de mencionar.

Margaux teve outro ataque histérico num dia em que eu disse que achava um pé de manga mais bonito do que uma roseira. Descrevi a beleza do pé de manga, uma árvore frondosa de folhas abundantes, alta, o caule grosso e sólido, os ninhos de passarinhos, e comparei-a com a feiura da roseira cheia de espinhos. Margaux gritou, ninhos de passarinhos, que coisa mais idiota. A mangueira é majestosa, eu disse. E flor, replicou Margaux, mangueira tem flor? Existe alguma coisa mais bonita do que flor? Existe, sim: a fruta, respondi. Você está louco, gritou Margaux, agredindo-me com socos e pontapés.

Tudo cansa, tudo nos dá tédio, a beleza também. Não foram as crises de Margaux que cansaram, foi a sua beleza. As características que eu adorava nela — as pernas compridas e finas, sua figura longilínea, seus peitinhos pequenos, tudo isso só me causava uma sensação de (eu ia dizer *déjà-vu*, mas essa expressão é tão usada que me dá engulhos quando a ouço), sensação de banalidade.

Mas antes de isso acontecer, ficamos sem assunto para conversar. Antes, éramos capazes de conversar durante horas seguidas, sobre tópicos e temas variados. Depois, durante um jantar inteiro ficávamos calados sem trocar uma palavra.

E rir. Também deixamos de rir. De dizer bobagens sem graça, mas que nos faziam rir muito. Esse é um sintoma sério, você deixar de rir com o seu parceiro ou parceira.

Então um dia eu vi uma anã na rua. Mas não era uma dessas anãs de perninhas tortas, tórax comprido e cabeça grande. Era uma anã perfeita, na verdade nem deveria ser chamada de anã, era uma mulher pequenininha, mas toda proporcional. Eu me apaixonei por ela. Eu, que tinha horror de anão, que já matei dois ou três anões, me apaixonei por essa anãzinha que não era nanica.

Estava chovendo muito no dia em que a conheci. Ela estava parada em frente a uma poça de água, sem coragem de atravessar a rua. Peguei-a no colo e levei-a para a outra calçada. Ela devia pesar no máximo uns vinte quilos e olhou-me surpresa.

Meu nome é José, eu disse.

O meu é Ana, ela disse, após curta hesitação.

Uma anã chamada Ana. Por que não? E ela não era anã, era pequenina.

Eu e Ana brincávamos muito. Ela gostava de pular nas minhas costas e pedia que eu a carregasse, não importava o lugar em que estivéssemos, podia ser em casa, podia ser na rua. As pessoas nada diziam, apenas olhavam surpresas aquela nossa brincadeira.

Mas certo dia um dos circunstantes, depois de apreciar as cambalhotas que Ana dava nas minhas costas, perguntou, essa anãzinha trabalha no circo?

Ela não é uma anãzinha, repliquei irritado.

Claro que é uma anãzinha, é só olhar para ela que logo se percebe. Olhei para Ana.

Ela era uma anãzinha! Perninhas curtas e arqueadas, cabeça grande. Saí correndo pela rua. Sempre fui um covarde.

Na primeira esquina, quem eu encontro? Margô, Margaux, ela mesma.

Outra surpresa. Margô era baixinha, não tinha pescoço e os braços eram roliços.

Que diabo estava acontecendo comigo?

# POEMA DA VIDA

Olho fascinado mulher andando na rua, imagino a estrutura de tecidos orgânicos entre as suas pernas, o estojo com pequenos e grandes lábios, e entre os pequenos a protuberância carnuda e erétil conhecida como clitóris.

E penso também nos pelos, ou pentelhos, muitas os raspam parcialmente, outras deixam-nos abundantes, escondendo a entrada do canal.

Não existem duas iguais. Como as chamarei?

Vagina?

Vulva? (Nome horrível.)

Prefiro boceta. Faz-me recordar a *Boceta (ou Caixa) de Pandora*, que encerra (segundo a mitologia grega) todos os males do mundo.

Que importam os males que a boceta pode causar: obsessões, manias, vícios, castigos malthusianos e outras coisas maléficas? Não existem duas idênticas, sua unicidade, sua singularidade a torna fascinante — e ao mesmo tempo assustadora.

Preciso olhar e cheirar e tocar e sentir o gosto da boceta na parte externa e interna, preciso chupar o clitóris, necessito desse prazer paradisíaco.

Sou um homem feio, mas tenho dinheiro, isto é o que importa; portanto, sendo abonado, pago o que for preciso para contemplar as bocetas das mulheres que considero atraentes.

Os preços variam, algumas cobram uma verdadeira fortuna, mas eu pago.

Sou uma pessoa que gasta pouco, além dos prazeres contemplativos só gasto algum dinheiro em restaurantes.

Até hoje nenhuma mulher resistiu às minhas propostas financeiras.

As mulheres gostam de dinheiro, adoram fazer compras.

Eu sempre pergunto: "Quantos pares de sapatos você tem?"

A que tinha menos eram 170 pares de sapatos.

Uma delas tinha mil pares, repito, mil pares de sapatos.

Não acreditei, e ela disse, beijando uma medalhinha que tinha num cordão de ouro em volta do pescoço: "Juro, juro por tudo que é mais sagrado que tenho mil pares de sapatos."

"Então vou lhe dar mais um par, se você me mostrar a sua boceta. Só isso, quero contemplar a sua boceta, minha Scheherazade dos sapatos."

E ela mostrou a sua boceta.

"Posso cheirar?"

"Pode", ela respondeu.

"Posso lamber?"

"Pode."

Era um néctar, digno dos deuses do Olimpo.

# O CICLISTA

Eu não tenho pai, só tenho mãe. Quer dizer, eu tinha pai, mas ele largou a minha mãe quando eu tinha seis anos e foi ela quem me criou. Isso não é nada de mais, na escola pública primária onde estudei a maior parte das crianças era criada pelas mães, os pais também tinham sumido. Um dia eu achei um retrato do meu pai na gaveta da minha mãe. As mulheres são incríveis, ele batia nela, corneava ela, largou ela com filho pequeno, e a minha mãe guardava o retrato dele. Peguei o retrato, rasguei em mil pedacinhos, joguei na privada, mijei em cima e dei a descarga. Nem me lembro como era a cara dele, nem no retrato nem antes.

Quando terminei o curso primário, arranjei um emprego para ajudar a minha mãe. De bicicleta eu fazia a entrega de produtos de beleza de uma firma que não tinha loja, só anunciava pela internet. O nome era Slim Beauty, acho que é assim que se escreve, é inglês, creio que significa beleza e magreza. Mas quando eu tocava a campainha das casas para entregar os pacotes, as mulheres que abriam a porta estavam cada vez mais gordas.

Meu patrão era um sujeito legal, mais magro do que eu, careca, nariz torto, me levou com ele para escolher a bicicleta que eu ia usar. Escolhi uma com pneu bem grosso, uma bicicleta pesada, eu gostava de fazer exercício. Meu patrão, o seu Zeca, me deixava levar a bicicleta para casa.

Andando de bicicleta pela cidade a gente tem uma boa ideia do mundo. As pessoas são infelizes, as ruas são esburacadas e fedem, todo mundo anda apressado, os ônibus estão sempre cheios de gente feia e triste. Mas o pior não é isso. O pior são as pessoas más, aquelas que batem em crianças, que batem em mulheres, urinam nos cantos das ruas. Andando na minha bicicleta, vejo tudo isso e chego em casa preocupado, e minha mãe pergunta o que aconteceu, você está triste, e eu respondo não é nada, não é nada. Mas é tudo, é eu não poder ajudar ninguém, hoje mesmo vi uma velhinha ser assaltada por dois moleques e não fiz nada, fiquei olhando de longe, como se aquilo não fosse assunto meu. Será que eu vou ser igual ao meu pai, um covarde filho da puta que não teve coragem de enfrentar a trabalheira de criar uma família e fugiu? É isso? Vou ser um cagão igual a ele?

Nessa noite não dormi. No dia seguinte, depois de fazer a entrega da última encomenda para uma senhora gorda — essas gordas sempre dão gorjeta —, estava voltando para casa quando vi um homem barbudo batendo num garotinho. Ele dava tapas na cara com tanta força que o barulho me chamou a atenção. Acho tapa na cara, ainda mais com aquela força, pior do que soco, porque é uma coisa, além de dolorosa, humilhante, um garotinho que cresce levando tapa na cara quando adulto vai ser um pobre-diabo. Dei a volta, pedalei com força e, controlando a direção com mão firme no guidão, atropelei o filho da puta, bem entre as pernas, e ele caiu no chão gemendo, e eu ainda passei por cima da cara dele.

Como consegui tudo isso? Faço misérias com uma bicicleta. Ando em cima dela o dia inteiro, sou capaz de descer escada e até mesmo subir alguns degraus. O pneu grosso dela me ajudou semana passada a arrebentar uma cerca de madeira. Por isso arrebentar os cornos do canalha que esbofeteava o menino não foi tão difícil.

Outro dia, depois de ter feito outra entrega, a sorte sorriu para mim, como diz a minha mãe, que vê muita novela na televisão, e esse papo só pode ser de novela, a sorte sorriu para mim. Encontrei os dois moleques que haviam assaltado a velhinha seguindo outra na rua. Pedalando mais depressa passei rente a um deles e dei-lhe um soco na nuca. O puto caiu estatelado no chão. Depois de uma freada, voltei e arremeti em cima do outro dando uma pancada violenta na barriga dele com o guidão.

Fiz tudo isso me equilibrando em cima das duas rodas, como um desses caras que trabalham no circo. Para falar a verdade, meu desejo secreto, todo mundo tem um desejo secreto, meu desejo secreto é trabalhar num circo dando voltas de bicicleta dentro do Globo da Morte. Sim, eu sei que isso é feito com uma motocicleta, mas eu acho que posso fazer o mesmo na minha bicicleta.

A velhinha nem viu que eu a salvei daqueles dois sacripantas — quem fala assim também é a minha mãe, aprendeu isso quando trabalhou na casa de uma senhora portuguesa. Minha mãe me explicou que sacripanta é uma pessoa capaz das mais abjetas ações e de todas as indignidades e violências. A velhinha continuou andando pela rua com o seu passinho miúdo, segurando a bolsa com as duas mãos.

Não sei o que deu em mim. Uma crise de megalomania? Como disse o meu patrão ao afirmar que vai ser o maior fabricante de produtos de beleza do Brasil, e eu perguntei se ia demorar para isso acontecer, e ele respondeu, esquece, meu filho, não acredite nisso, é uma crise de megalomania, e quando perguntei o que era megalomania, ele disse que era mania de grandeza, coisa de maluco.

Eu estou ficando maluco? Todo dia fico procurando em cima da minha bicicleta alguma pessoa má para punir. Os maus devem ser punidos, e não digo isso como um coroinha falando na igreja, mesmo porque eu nunca vou à igreja, nem digo isso como se fosse um tira, nem digo isso porque o meu pai abandonou a família quando eu tinha seis anos, nem digo isso porque minha mãe está desdentada e eu vou pelo mesmo caminho, eu digo isso porque odeio gente má. E sei quando a pessoa é má só de olhar para a cara dela.

Hoje à noitinha passei por um homem na rua carregando uma saca e pelo perfil notei que ele era mau. Dei a volta para ver a cara dele de frente. Sim, ele era mau, muito mau. Adiantei a minha bicicleta, retornei e fiquei parado de frente para ele. Ficamos olhando um para o outro, ele um tanto ou quanto surpreso, com aquele menino olhando-o fixamente. Então comecei a pedalar furiosamente, dirigindo minha bicicleta para cima dele, o cara meteu a mão na saca, tirou um revólver, mas, nesse momento, eu acertei os colhões dele com os pneus e em seguida atingi a barriga dele com o guidão. Ele caiu desmaiado. Saltei da bicicleta e peguei o revólver, que estava no chão. Dei dois tiros para o alto. Eu não tenho telefone celular e achei que aquela era uma boa maneira de chamar a polícia. Pouco depois chegou um carro da polícia e um carro de reportagem de um jornal. Expliquei que o sujeito estava andando com um revólver na mão e que eu decidira fazer alguma coisa, pois ele certamente era um bandido. Claro que eu disse uma pequena mentira, essa do revólver na mão, mas eu não podia dizer que sabia pela cara quais as pessoas que eram más.

O sujeito era um bandido procurado pela polícia, e o jornal publicou uma foto em que eu aparecia montado na minha bicicleta e embaixo escrito: "O jovem herói."

Não estou interessado em ser o jovem herói. Estou interessado em punir as pessoas más e isso eu pretendo continuar fazendo. A menos que seja convidado para fazer no circo o Globo da Morte na minha bicicleta.

# SENTIR E ENTENDER

O amor não é para ser entendido é para ser sentido.
A poesia não é para ser entendida é para ser sentida.
O medo não é para ser entendido é para ser sentido.
A dor não é para ser entendida é para ser sentida.
O ódio não é para ser entendido é para ser sentido.
A morte não é para ser entendida é para ser sentida.

# O ESPREITADOR

Eu seguia mulheres pela rua, umas eram bonitas de rosto, outras bonitas de corpo, outras nem uma coisa nem outra, mas todas possuíam algo que me atraía, não sei o que era, mas uma coisa eu sabia, gostava de vê-las em movimento.

Eu conseguia evitar que as mulheres que eu espreitava percebessem. Aprendi a fazer isso lendo o livro *Manual do espreitador*, de autor anônimo.

"Espreitar", dizia o *Manual*, "é observar sem ser visto, perscrutando, analisando, estudando."

O *Manual* indicava uma série de regras a serem obedecidas. As principais: mantenha sempre entre você e a Espreitada uma distância que permita que outras pessoas se interponham; a Espreita não deve demorar muito, duas horas no máximo; não tire fotos nem faça anotações de qualquer tipo durante a Espreita.

Hoje segui uma mulher que devia ter uns trinta anos. Dizem que um tal de Balzac escreveu um livro com o título *A mulher de trinta anos*, ou algo parecido, não sei, porque não leio esse tipo de coisa, no qual ele elogia as mulheres dessa idade, e isso, também dizem, pois como mencionei não leio essas coisas, em meados do século XIX, quando as mulheres deixavam de fora somente o rosto e as mãos, o resto ficava escondido pelos trajes que usavam. Essa mulher que eu espreitava estava de saia, com as pernas à mostra até um pouco acima dos joelhos, dois centímetros para ser preciso, e uma blusa que deixava os seus braços inteiramente nus. Só espreito mulheres de saia, odeio mulheres de calça comprida, sempre o abominável jeans, sinto vontade de dar um pontapé na bunda delas — desculpem este desabafo grosseiro, mas quando penso em mulheres de calça comprida fico num estado de nervos incontrolável e, se não tomei o meu remédio, passo a dar socos nas paredes.

Gosto de ver as pernas e os braços das Espreitadas, pernas e braços definem uma mulher, não é o rosto, como alguns idiotas dizem, o rosto da mulher, seja ela qual for, está sempre disfarçado, mascarado. Além dos chamados produtos de beleza, existe o botox (tipo de toxina botulínica purificada que elas injetam sob a pele do rosto para provocar a liberação de acetilcolina — neurotransmissor para a contração muscular —, do que resulta a suavização das linhas e rugas de expressão) e as chamadas cirurgias plásticas. Um médico especialista colocou o seguinte anúncio no jornal: "A cirurgia plástica moderna representa o encontro da arte com a ciência, do sonho com a realidade, mas, acima de tudo, é uma especialidade médica que possibilita a reabilitação funcional e estética do ser humano." Que diabo é isso de reabilitação estética e funcional?

Infelizmente a minha Espreitada entrou nesse tipo de loja onde trabalham manicures, pedicures, cabeleireiras... as mulheres não saem desses lugares.

Voltei cabisbaixo para casa. Minha casa é assim: quarto e sala; no quarto tenho uma cama e uma mesinha de cabeceira, na sala, várias estantes cheias de livros sobre viagens. Só leio livros sobre viagens; romances, contos, acho isso tudo uma porcaria, leitura de idiotas. Mas não pense que se trata de livros sobre viagens no tempo. Por engano li *A máquina do tempo*, de um tal Qualquer-coisa Wells, e outra porcaria chamada *Linha do tempo*, ou algo parecido. Felizmente esqueci completamente o nome do autor. Joguei os dois livros no lixo, coisa que detesto fazer.

Gosto de viagens verdadeiras, que podem ser a cavalo, a pé, de trem, de motocicleta, de carro, qualquer meio de transporte, menos disco voador, é claro. Na minha mesinha de cabeceira tenho o livro que estou lendo, *Na Patagônia*, do Bruce Chatwin. Um livro que acabei de ler foi *Até o fim do mundo*, do Paul Theroux, mas cuidado, Theroux também escreve romance; não sei o que deu na cabeça dele. Nesta semana li mais dois livros, *Tristes trópicos*, do Lévi-Strauss, que é bom, mas tem filosofia e antropologia demais, e *No império de Gêngis Khan*, do Stanley Stewart. Vale a pena ler.

Vou tomar o meu remédio. Não sei para que serve, não li a bula. Sempre que abro a caixa onde está o vidro, pego a bula e rasgo em mil pedaços, que coloco na pia, jogo álcool e incendeio. Tomo uma pílula por dia. É uma pílula grande, certa ocasião tentei engoli-la sem água, me engasguei e quase morri asfixiado, fiquei dando trambolhões pela parede e socos no peito até que consegui fazer a danada descer pelo esôfago. Contei essa história para o meu médico, que disse que o esôfago tem cerca de 2,5cm de diâmetro, ou seja, aquela pílula desgraçada devia ter mais do que isso.

Se eu andar 15 ou 20 minutos na rua encontro o que estou procurando. Hoje isso ocorreu exatamente 16 minutos após flanar pela avenida. Sei que foram 16 minutos porque consultei o meu relógio, ou melhor, os meus relógios, o de bolso e o de pulso. São movidos cada um por uma minúscula bateria que custa uma ninharia, além de ser fácil de instalar, a última foi comprada e inserida num camelô.

Saí caminhando atrás da Espreitada. Infelizmente havia muitas vitrines na avenida, e mulher não pode passar em frente de uma vitrine sem querer olhar, e se for de sapatos ela fica um tempo enorme parada em frente. Espreitada parada perde a graça, mesmo de saia. O que é bonito é a Espreitada em movimento.

Aquilo me deixou nervoso. Ando muito nervoso ultimamente. Fui ao médico. Não lhe falei sobre as Espreitadas, ele não iria entender. Perguntou-me a que eu atribuía o meu nervosismo, respondi que não sabia. Depois de um ligeiro tartamudear, ele indagou da minha vida sexual. Fiquei calado.

O doutor continuou: Eu podia lhe dar dezenas e dezenas de razões sobre a importância do sexo, desde a queima de calorias, você sabia que em vinte minutos de sexo queima-se quase cem calorias?

Comecei a perguntar se ele me achava gordo; ele me interrompeu, dizendo: Deixe-me continuar, a atividade sexual combate doenças aumentando a produção de imunoglobulina A, que estimula o sistema imunológico, diminui o risco de câncer e doenças cardíacas, apura os nossos sentidos, fortalece os músculos, diminui os níveis de colesterol, evita cáries dentárias, faz bem à mente, liberando adrenalina.

Então foi a minha vez de interromper a conversa. Perguntei, ter sexo com quem? Sou solteiro, não tenho namorada.

O senhor é um homem bem-apessoado, ainda jovem, não deve ser difícil...

Ficamos os dois calados.

Doutor, eu disse, moro num apartamento de quarto e sala conjugados. Meu banheiro não tem banheira, mulher gosta de banho de banheira. Minha aposentadoria por invalidez é pequena... Mulher gosta de dinheiro, o senhor sabe disso.

Sim, eu sei. Sou o seu médico há cerca de um ano. E durante esse tempo pude comprovar que o senhor sofre de um grave distúrbio psicológico.

Doutor, o senhor nunca me disse nada disso.

Os remédios que lhe dou são para isso. Está na bula.

Eu não leio bulas. Qual é esse distúrbio?

Misoginia psicótica. O senhor odeia as mulheres. Inconscientemente gostaria de matar uma mulher, talvez até mais.

Levantei-me da cadeira. Dei um soco na parede.

Doutor, gritei, o senhor é uma besta.

Saí do consultório batendo a porta.

Anoitecia. Fui andando pelas ruas, que em pouco tempo escureceram, murmurando, preciso Espreitar, preciso Espreitar. Certamente caminhei um longo tempo, pois as ruas ficaram inteiramente escuras e então surgiu à minha frente uma mulher usando calça jeans. Calça jeans!

Foi quando comprovei que o doutor tinha razão: sim, eu odiava as mulheres; sim, matar uma mulher me daria felicidade.

Fui me aproximando da mulher que usava calça jeans.

O doutor tinha razão, ele tinha razão.

# DEVANEIO

Todo mundo tem um sonho. Uns querem viajar, outros comprar um automóvel, comprar uma casa, casar e ter filhos. Ah, eu gostaria de ter um sonho simples desses, mas infelizmente o meu sonho era mais complicado.

Começou na adolescência. Mas não sei por que passei a sonhar com isso. Será porque sou órfão? Será porque sou gago? Mas eu fui gago durante pouco tempo, um ano, dois, talvez nem isso. Hoje sou capaz de recitar *Os Lusíadas* inteiro sem gaguejar, quer dizer, se eu soubesse *Os Lusíadas* de cor ou tivesse um exemplar do livro na minha casa.

Fui criado por uma tia, que era muito boazinha e muito corcunda. Quando a Corcundinha morreu, fiquei com a casa, que tinha um jardim com uma mangueira grande e bonita, o único problema é que ela não dava manga. Não sei qual era a razão, creio que é raro uma árvore frutífera de grande porte, que cresceu ao ar livre, ser estéril.

Enfim, eu tinha esse desejo, que depois conto qual é, e sabia que ele ia me custar muito dinheiro, que eu não tinha. Isso me deixava triste e frustrado.

Mas um dia, como já disse, a Corcundinha morreu e herdei a casa.

Então tive uma ideia: venderia a casa assim que os problemas jurídicos referentes à herança fossem resolvidos. Eu obteria um bom preço. É claro que teria que ser um pouco desonesto, deixando de mencionar a esterilidade da mangueira. Isso me deixou um pouco infeliz, detesto fazer coisas ilegais. Mas a mangueira criava uma sombra enorme e refrescante, mesmo nos dias de calor, e nessa cidade faz calor todos os dias.

Para ganhar tempo, coloquei um anúncio no jornal solicitando ajuda para o meu objetivo. Pedi que a resposta fosse dada para uma caixa postal.

Chegaram apenas três respostas. Uma dizia, "seu palhaço, isso não tem graça"; outra tinha apenas uma palavra, "cretino". Mas, felizmente, uma terceira dizia: "Creio que posso ajudá-lo." E pedia que eu enviasse mensagem para marcar um encontro. Como eu, ele queria manter-se anônimo. Usava o pseudônimo de Cone, bem adequado, diga-se. O meu era Sonhador.

É claro que eu não poderia manter o meu anonimato por muito tempo. Nós teríamos que nos encontrar cara a cara para que eu atingisse o meu objetivo.

Não sei se já disse que era escriturário numa firma construtora. É um trabalho bem monótono, preencho fichas, arquivo fichas, preencho fichas, arquivo fichas, preencho fichas, arquivo fichas, oito horas diárias. Tenho uma hora para almoço. Quando minha tia, a Corcundinha, estava viva — eu a chamo assim para não confundir com a minha outra tia, que antes de morrer era conhecida como a Gorda —, mas, como eu dizia, quando estava viva, a Corcundinha preparava uma marmita que eu levava para o trabalho. A comida era muito bem-feita e eu comia tudo.

Perdi o apetite depois que deixei de ter a marmita da Corcundinha. Na hora do almoço, não conseguia comer nem mesmo as batatas fritas de uma dessas lanchonetes espalhadas pelos bairros, especializadas em vender deliciosas porcarias engordativas. A Corcundinha dizia que foi o vício de comer as drogas dessas lanchonetes que matou a Gorda de ataque cardíaco — depois de cevá-la como fazem com os porcos antes de abatê-los para consumo.

Escrevi para o Cone: "Estou pronto para fazer negócio."

Cone marcou um encontro num bar. "Vou estar com um chapéu de panamá."

A Corcundinha, que era muito velha — mas não creio que tivesse cem anos, todavia noventa ela tinha —, costumava contar que, no tempo em que era garota, os homens usavam chapéu de palha ou de panamá e ternos de linho branco. E dizia que as mulheres também usavam chapéu, ela possuía vários. A Corcundinha sabia tudo sobre o chapéu de panamá. Contou que o chapéu de panamá legítimo era fabricado no Equador com a palha de uma planta que só existia naquele país e na vizinhança e que passou a se chamar chapéu de panamá quando o presidente americano Theodore Roosevelt visitou o canal do Panamá usando um chapéu de palha equatoriano. A Corcundinha lia uma porção de almanaques e aprendia muitas coisas curiosas.

Então eu sabia o que era um chapéu de panamá.

O Cone estava lá, chapéu enterrado na cabeça e óculos escuros — apesar de ser noite. Ao ver que eu me dirigia para a mesa dele, fez um gesto para eu sentar.

"Tem o dinheiro? Grana viva?"

Dei o pacote.

"Vou dar um pulo no banheiro", ele disse.

Outro qualquer acharia que ele ia fugir com o dinheiro, mas eu confio nas pessoas e sabia que ele ia se trancar no banheiro para contar o dinheiro.

O Cone voltou logo depois.

"Vamos", ele disse.

Pegamos um jipe velho que ele dirigia. Paramos na porta de um edifício, um prédio antigo, sem porteiro. O Cone tinha a chave da portaria.

Pegamos um elevador, também velho, tudo ali era velho, as paredes eram descascadas, o chão tinha como tapete um linóleo furado, e a porta do apartamento onde entramos estava cheia de cupins.

"O prédio vai ser demolido", disse o Cone, "vão construir aqui um arranha-céu. Daqui a algum tempo a cidade só vai ter arranha-céus, você vai ver."

Era uma sala e um quarto. Fomos para o quarto.

"Está vendo?"

"Estou."

"Que tal? Serve?"

"Serve."

"Depois eu vou ter que sumir com isso. Já viu a trabalheira que eu vou ter?"

"Não existiam uns mais cheios?"

"Mais cheios? Impossível. Tenho uma ideia. Vamos sentar a mulher. Me ajuda."

Sentamos a mulher com as costas encostadas na cabeceira da cama.

Nessa posição, os seios siliconados dela realmente aumentaram de tamanho.

Peguei então a agulha grossa e comprida que eu levava e furei um peito. Furei outra vez. E furei o outro. E furei novamente.

Pensei que os seios iam estourar que nem um balão, mas isso não aconteceu. Nem sequer esvaziaram.

"Você some com ela?", perguntei com a voz embargada, de costas para o Cone. Eu estava chorando e não queria que ele percebesse.

"Deixa comigo", o Cone disse.

Saí. Demorei uma eternidade para arranjar um táxi. Eu tinha vendido a minha casa por causa daquele sonho. Não se deve sonhar acordado.

# O MATADOR DE CORRETORES

1 – As pessoas andam pela cidade e nada veem. Veem os mendigos? Não. Veem os buracos nas calçadas? Não. As pessoas leem livros? Não, veem novelas de televisão. Resumindo: as pessoas são todas umas cretinas.

Veem os políticos ladravazes? Claro que não, essas canalhas só andam de automóvel do ano, que o poder que exercem, seja no Legislativo, no Judiciário ou no Executivo, dá a cada um deles todo ano um carro novo de lambuja. Sei que tem imbecil que não sabe o que é ladravaz. Aprende, seu merda: substantivo masculino. Grande ladrão; ladronaço (esse aumentativo de ladrão é ainda mais raro). Não existe um substantivo feminino para ladravaz. Elas também são ladras, mas em número muito menor.

Como ia dizendo, essas pessoas nada veem, nem mesmo o fato de estarem cercadas por todos os lados por mais e mais gente, multidões que às vezes tornam o ato de andar pelas calçadas difícil e você tem que andar pelo asfalto. As pessoas também não veem a procissão poluente de carros rodando nas ruas, qualquer bunda-suja tem um carro, pago em 94 prestações. Hoje vi um pobre-diabo que para fugir da choldra que enchia as calçadas foi andar no asfalto e acabou atropelado por um carro; como é de praxe, ninguém parou para socorrê-lo, era um acontecimento sem muita importância e de certa forma corriqueiro.

Mas eu, quando perambulo pelas ruas, vejo tudo. E vejo a pior coisa de todas: a cidade sendo destruída. Não há logradouro em que um prédio não esteja sendo demolido para dar lugar a um arranha-céu, ou então sendo cavado um buraco onde esse monstro vai ser erguido, ou então, pior ainda, um lugar onde essa coisa hedionda já foi erguida. Arranha-céu? Eu disse arranha-céu? O nome certo é arranha-inferno.

Eu precisava fazer alguma coisa. Passei na porta de um monstrengo desses que acabara de ser construído e vi, em frente a um pequeno galpão, um cartaz que dizia: AQUI. CORRETOR AUTORIZADO. Então tive uma ideia de gênio.

2 – Fiquei um pouco decepcionado quando não li qualquer notícia nos jornais. E depois de eu ter agido pela segunda vez, também nada. Mas, na terceira, uma pequena notícia foi publicada numa página interna: *Corretor de imóveis assassinado. Corretor de imóveis foi assassinado com requinte de crueldade. Deceparam a sua cabeça e os dedos da sua mão.*

Uma pequena notícia? Que absurdo, eu queria causar um choque emocional e sai aquela merreca de notícia? Então tive outra ideia brilhante.

A notícia do jornal saiu na primeira página. *Corretor de imóveis é assassinado. Sua cabeça e os seus dedos foram decepados. O assassino deixou um bilhete: Vou assassinar um corretor de imóveis por dia.*

3 – O que eu matei em seguida foi de maneira ainda mais elaborada. Escrevi com a ponta de uma faca no peito dele: *Eu não disse?*

Os jornais, que adoram tragédias, escândalos, tudo que pode satisfazer a curiosidade malsã dos imbecis, publicaram a foto com grande estardalhaço, na primeira página, junto com entrevistas de policiais, psicólogos, professores e alguns cidadãos escolhidos randomicamente.

*Policial: Vamos descobrir logo quem é esse assassino e botá-lo na cadeia.*

*Psicanalista: Certamente é uma pessoa doente, que deve ter tido, ou ainda tem, problemas de relacionamento com o pai, mais provavelmente com a mãe, que deve tê-lo renegado. Há fortes indicações de que esse indivíduo sofra do que chamamos narcisismo primário e complexo de castração.*
*Cidadão: Se eu fosse corretor de imóveis, não saía de casa.*

4 – O único sujeito que não disse besteira foi o tira. Ou melhor, o único sujeito que disse besteira foi o psicanalista. Esses caras sempre apelam para isso, relacionamento com os pais, é influência daquele dr. Freud. Sim, a minha mãe de certa forma me renegou, morrendo durante o parto. Isso significa que esse menino quando crescer vai matar corretores de imóveis. O pai morreu logo em seguida, eu nem me lembro como ele era. Ah! Não se lembra do pai? Isso significa que esse menino quando crescer vai matar corretores de imóveis. Cambada de cretinos.

5 – Resumindo esta história que teve um final inesperado: matei mais cinco corretores. No terceiro, o assunto saiu das primeiras páginas. No quarto, saiu numa coluna da página cinco. Depois do quinto corretor de imóveis que eu matei... depois do quinto... do quinto... Que som é esse? Eu estava rangendo os dentes? Sim, confesso, eu estava rangendo os dentes, comecei a ranger os dentes depois que li a notícia:

*O assassinato dos corretores de imóveis teve um efeito surpreendente: fortaleceu o mercado imobiliário que estava em crise. As vendas de apartamentos em todos os bairros da cidade aumentaram em cerca de 25%...*

Não li o resto. Peguei a faca, a faca que me ajudara a matar os malditos corretores, e fiquei olhando para a imagem do meu rosto refletida na lâmina. Então, tive uma ideia, uma ideia fantástica que encheu o meu coração de regozijo. Mas ainda não posso contar para vocês.

# ESCREVER

O dicionário diz que escrever é representar ou exprimir, relatar, transmitir por meio de escrita, compor, redigir, desenvolver obra literária: conto, romance, novela, livro etc.

É isso o que diz o dicionário. Porém, escrever é mais do que isso, é urdir, tecer, coser palavras, tanto faz ser uma bula de remédio ou uma peça de ficção. A diferença é que a ficção consome o corpo e a alma. Os poetas também poderiam ser incluídos aqui, se eles não tivessem pacto com o diabo.

O ficcionista quanto melhor pior, sofre mais, depois de algum tempo não aguenta o sufoco. Os mais sensatos, se é que se pode chamar de sensato um indivíduo como esse — eu já disse alhures que todo escritor é louco —, os que têm algum discernimento, e esses são poucos, desistem, no auge da sua carreira dizem BASTA, para desespero dos seus admiradores.

Os outros, cada vez mais desesperados com essa insana atividade, entregam-se às drogas ou cometem suicídio.

O que eu vou fazer?

Isso era para ser um poema, mas eu não tenho pacto com o diabo.

# A FESTA

Existe alguma coisa mais aborrecida do que uma festa? A festa a que me refiro não era de aniversário, nem de casamento, ou qualquer comemoração ou solenidade em que se celebra alguma coisa.

Quem eram as pessoas que frequentavam aquele tipo de festa? Parentes do... como chamarei a figura que oferece essa reunião recreativa? Festeiro? No caso era uma festeira, que deu o golpe do baú — ninguém sabe como conseguiu, ela era e continua sendo, apesar de todas as cirurgias plásticas que efetuou, um bucho —, depois ficou viúva e gosta de exibir as suas joias, além do seu apartamento de luxo.

Afinal, que pessoas frequentavam essas festas? Creio que principalmente os *boca-livristas* (termo que resulta do substantivo *boca-livre*, evento ou lugar em que se pode comer e beber de graça). A festa era na mansão dessa viúva muito rica, que morava sozinha e tinha apenas uma filha, com quem não se dava. Na mansão eram servidas as melhores bebidas, as melhores comidas e, ainda por cima, os convidados que comparecessem recebiam um brinde.

Todo mundo gosta de comer de graça, a comida é mais gostosa, as bebidas mais saborosas, os doces mais deliciosos.

Eu não gosto de comer, não gosto de beber, não gosto de doces. Então, o que fui fazer nessa festa? Bem, daqui a pouco eu conto.

Mas, voltando à minha pergunta: quem são as pessoas que frequentam essas festas? As pessoas são sempre interessantes. Sou fascinado pelas pessoas, gosto de imaginar o que fazem, o que sentem, suas angústias, ambições. Muitas não estavam ali pela boca-livre. Há quem não goste de ficar em casa, pessoas que não gostam de ler, de ver filmes, de ver televisão, que moram sozinhas e sofrem com a solidão. Outros gostam de ter uma oportunidade de se enfeitar, como as mulheres — já vão dizer que sou misógino —, elas gostam de mostrar suas joias, seus adereços, seus vestidos novos.

Na festa, desde logo fiquei atraído por uma mulher bonita, mas que tinha o rosto carregado de sombras. Todavia ninguém parecia perceber isto. Tive vontade de abordá-la, mas eu tinha que ficar focado no meu objetivo. Outra figura estranha era uma mulher corcunda, quer dizer, não exatamente corcunda, seu corpo era curvado para a frente, contraído, como se o tórax tivesse sido encurtado. Essa era mais fácil. Parei ao seu lado e contemplei-a, de maneira que ela percebesse. Era uma pessoa bem-humorada.

"O senhor não está achando que sou corcunda, está?"

"Não sei."

"Na verdade eu não devia ter vindo a uma festa. Tive que insistir muito com o meu marido, sabe quem é?, aquele alto, careca. Ele dizia: Você não pode ir a uma festa nesse estado, mas eu insisti, e o Gabriel — Gabriel é o nome do meu marido — acabou concordando. O senhor não vai perguntar, e a corcunda?"

"E a corcunda?"

"Fiz uma plástica na barriga e estou cheia de pontos. Essa é a razão. Gabriel, Gabriel, vem cá conhecer esse moço — como é mesmo o seu nome?"

"José."

"Vem conhecer o José."

Perdi 15 minutos conversando com o Gabriel e a Heloisa, esse era o nome da corcundinha, quer dizer, da pontilhada.

Antes de mais nada, devo dizer que sou um penetra. Para mim é fácil entrar em festas sem convite. Sou elegante, uso roupas caras, meu relógio é um Patek Philippe (uma falsificação perfeita), sei conversar sobre qualquer assunto e, o principal, as mulheres me acham bonito. Quando uma mulher acha um homem bonito ela lhe atribui todas as boas qualidades que um homem perfeito deve ter, especialmente dinheiro. As mulheres não querem saber de homens pobres. Não pensem que esse é mais um raciocínio misógino, eu não desprezo nem sinto aversão pelas mulheres, mas tenho que ser realista e ver as coisas como elas são.

Eu penetrara naquela festa disposto a seduzir a dona da casa. Não sentia por ela a menor atração, pelo contrário. Mas o fato de sentir pela mulher que quero seduzir uma certa ojeriza facilita o meu trabalho, fico mais paciente, mais frio, planejo melhor a estratégia a ser adotada.

A viúva, conhecida como Mimi (o seu nome verdadeiro era Raimunda, mas ela considerava o nome feio), frequentava todos esses sites da internet, o que facilitou a pesquisa prévia que realizei sobre ela. Não havia qualquer menção sobre o seu currículo escolar, o que significava que, quando muito, ela tinha o curso primário. Eram mencionadas principalmente as suas viagens e as suas propriedades, em Paris, Nova York e Amsterdã.

Consegui, em determinado momento, sentar-me ao lado de Mimi. Falei que gostava de Amsterdã.

"Eu também", ela disse. "Nunca fumei uma maconha tão boa quanto a que fumo lá. Eu tenho um apartamento no canal, bem no centro. Lindo."

"E o Distrito da Luz Vermelha?", perguntei.

Ela disse que aquilo era "coisa para turista".

Resolvi discorrer sobre o Distrito da Luz Vermelha. Para isso existe a internet.

"Desde o século XIV o porto interior de Amsterdã transformou-se lentamente em uma área de sex shops, bordéis, bares gays, cafés, peep shows e prostitutas em janelas. As luzes vermelhas fluorescentes são uma marca dessa área, onde se localizam os Distritos da Luz

Vermelha. Não existe nada igual no mundo. Eles, os Distritos da Luz Vermelha, têm uma reconhecida importância cultural."

"Distritos? Pensei que era um apenas."

"São três Distritos da Luz Vermelha", eu disse. "Normalmente os turistas visitam o De Wallen, no centro, que é o maior e o mais conhecido. E onde a polícia garante a segurança dos visitantes. Eu tenho um livro, que posso lhe emprestar, intitulado *Importância histórica e cultural dos Distritos da Luz Vermelha de Amsterdã*.

"Qual a sua profissão", Mimi perguntou.

"Não tenho profissão", respondi.

"Como não tem profissão?"

"Sou milionário. Milionário não precisa ter profissão."

"Qual é o seu nome?"

"José."

"O meu é Mimi."

"Mimi, perdoe-me se estou sendo indiscreto, mas acho você — repito, desculpe por ser tão inconveniente —, mas acho você uma mulher encantadora."

"Muito obrigada."

"Sou uma pessoa sensível ao encanto feminino, e você, sendo encantadora como é..."

"Sim, termine a sua frase."

"Eu, eu..."

"Anda, não seja tímido."

"Sinto vontade de beijá-la."

Ela fez um sorriso que acreditava ser sedutor.

"Eu gostaria de ser beijada por você."

"É uma pena que não estejamos sós, sem a companhia de tanta gente", eu disse.

"Posso dar um jeito nisso", ela sussurrou. Sem dúvida estava louca para ter uma experiência sexual; feia como era, devia se satisfazer com um vibrador. "Vou lhe dar uma cópia da chave da porta da frente. Daqui a três horas você volta, vou inventar que estou me sentindo mal e encerrar a festa mais cedo. Não se preocupe com os empregados, todos estão alojados num prédio nos fundos do terreno, isolado da casa principal."

Quinze minutos mais tarde, com a chave que Mimi colocou dissimuladamente no meu bolso, eu me retirei da festa.

Esperei calmamente que as três horas transcorressem.

Quando cheguei na mansão, ela estava às escuras. Mas tão logo abri a porta fui recebido por Mimi, que usava uma camisola e conduziu-me imediatamente para o quarto.

No quarto, ela se desnudou, deitando-se na cama. Eu curvei-me sobre ela e, com a mão direita sob o seu queixo e a esquerda na sua cabeça, fiz uma tração que causou uma lesão na sua medula espinhal. Sua morte foi instantânea. Ela não deve ter sentido qualquer dor.

Revirei armários e coloquei dentro de um saco que carregava no bolso as inúmeras joias que encontrei. Não achei dinheiro, apenas talões de cheques.

Deixei tudo revirado. Tinha minhas razões para fazer isso. Antes de sair, abri uma das janelas que dava para um jardim. Também tinha minhas razões para fazer isso.

Retirei-me calmamente e, três ruas adiante, peguei o meu carro e fui para a casa de Lucy.

Ela me esperava, ansiosa.

"Foi tudo bem? Matou a megera?"

"Sim."

Peguei o saco com as joias e coloquei à sua frente.

"Aqui estão as joias dela. Tive que fingir que o assassino é um ladrão."

"Depois vamos sumir com essa merda, jogar no lixo. Ai, que bom que você matou a megera. Vamos para a cama. José, meu amor, estou morrendo de tesão."

Fomos para a cama. Eu não disse que as pessoas são estranhas? Eu mato a mãe de Lucy e ela fica cheia de tesão.

# BEST-SELLER

"*Rua do pecado* não vendeu nada."

"Como não vendeu nada?"

"Encalhou."

"Eu li no jornal que era um dos mais vendidos."

"Demos uma grana para sair aquela nota. Mesmo assim não adiantou."

"Puta merda."

"O nosso depósito está abarrotado de *Ruas do pecado*. Você tem que escrever um romance que seja autobiográfico, que conte a história de alguém da sua família com uma doença grave, uma doença que faça a pessoa sofrer muito, algo maligno que não seja mortal. Entendeu? É isso que os leitores querem hoje em dia, uma história que tenha veracidade. Ninguém mais quer ler ficção, a ficção acabou. É isso que vende. Você tem alguém assim na sua família?"

"Sim, tenho."

"Alguém próximo, uma pessoa muito querida?"

"Sim."

"Você pode me dizer quem é?"

"Não, não, por enquanto é um segredo."

"Não tem problema. Então, mãos à obra."

Na verdade eu não tinha qualquer parente com doença grave ou coisa parecida. Sou órfão, nunca conheci os meus pais. Não tenho irmãos. A tia que me criou já morreu. Sou solteiro e não moro com as mulheres que fodo. Morar junto acaba com o amor, o respeito, o tesão. A frase do meu editor "o nosso depósito está abarrotado de *Ruas do pecado*" não saía da minha mente. O que eu podia inventar para contar no meu livro? Uma mãe paralítica e débil mental? Um filho autista ou com síndrome de Down? Já escreveram vários livros sobre isso. Pai maluco, amarrado numa camisa de força, preso no porão da casa, comendo papinha de milho três vezes ao dia? Um filho que nasce sem pernas e sem braços?

Achei esta última a melhor ideia, que podia ser desenvolvida assim:

Meu filho nasceu sem braços e sem pernas. A mãe dele ficou tão deprimida que se matou, cortando os pulsos dentro da banheira. Não, não, cortar os pulsos não tem dramaticidade. Dando um tiro na cabeça? Como, como? Puta merda!

Lembrei-me que eu tinha na estante um livro do sociólogo Durkheim com o título *O suicídio*. Tive um trabalho danado para encontrá-lo, minhas estantes são uma esculhambação, como são as estantes e gavetas de todo escritor. Afinal, achei o livro.

Para Durkheim, as taxas de suicídio são maiores entre os solteiros, viúvos e divorciados do que entre os casados; na maioria das vezes, o indivíduo portador da "ideia do suicídio" quase sempre não sobrevive; são maiores entre pessoas que não têm filhos; são maiores entre protestantes do que entre católicos e judeus.

Essa merda não interessava. Mas li o livro até o fim, passei a noite lendo, a frase do meu editor "o nosso depósito está abarrotado de *Ruas do pecado*" tinha tirado o meu sono completamente.

No fim do livro, Durkheim lista os diferentes tipos de suicídio:

Suicídio egoísta: o indivíduo se mata para parar de sofrer, como, por exemplo, no fim de um relacionamento com outro indivíduo.

Suicídio altruísta: alguns sociólogos contemporâneos têm usado esta análise para explicar os kamikaze e os homens-bomba.

Suicídio anômico: quando as normas sociais e leis que governam a sociedade não correspondem aos objetivos de vida do indivíduo. Uma vez que o indivíduo não se identifica com as normas da sociedade, o suicídio passa a ser uma alternativa de escape.

A claridade do dia entrava pela minha janela quando terminei a leitura do livro. Puta merda! Uma perda de tempo. O merda do Durkheim não me deu uma única ideia interessante para eu matar a minha mulher. Fiquei tão irritado que joguei o livro no chão e dei-lhe vários pontapés.

Minha mulher no livro tinha que se matar ao descobrir que o filho dela, o nosso filho, não tinha pernas nem braços.

Então tive uma ideia: que tal encharcando o corpo de gasolina e acendendo um fósforo? A ideia não era má.

Minha mulher ficou tão desesperada que cobriu de gasolina o roupão que estava usando — ela passava o dia de roupão, vagando pela casa —, procurou uma caixa de fósforos, mas não achou, então foi até o fogão, que acende automaticamente, e colocou o braço na chama. O fogo foi aos poucos incendiando o roupão, e a minha mulher, desesperada, saiu correndo de casa, gritando como uma louca, até cair no meio da rua, morta.

Claro, vou revisar este texto. Escrever é rever, rever, rever. Cada revisão que você faz, o texto melhora.

Puta merda, eu fiz isso com *Rua do pecado*, e como a porra do livro foi encalhar?

Desculpem se estou dizendo muitas palavras obscenas. Sempre disse, falando, e, pior, sempre escrevi nos meus livros os palavrões mais cabeludos. Quem estiver achando que sofro de síndrome de la Tourette que vá se foder, que vá pra puta que o pariu.

Fiquei emperrado, tolhido mental e psicologicamente. Eu já não dormia direito antes, angustiado com a revelação de que aquele que eu considerava o meu melhor romance, *Rua do pecado*, havia encalhado. E agora, com esse bloqueio que eu estava sofrendo, a minha agonia, o meu sofrimento aumentavam.

Então tive outra ideia. Essa era boa. Eu, o escritor, conto no livro que estou sofrendo das faculdades mentais, que estou maluco, porra, e decido me matar.

Eu sou um escritor, o livro começa assim, e sinto que estou enlouquecendo. O único sentimento que abrigo em meu coração e na minha mente é o ódio. Odeio todo mundo, odeio a mim mesmo, tenho vontade de sair matando pessoas e depois me matar ateando fogo às vestes.

O princípio do livro vai ser assim. Claro que isso vai ser revisto. Escrever é rever, rever, rever. Cada revisão que você faz, o texto melhora. Acho que já disse isso. Ou não disse? Foda-se se disse e foda-se se não disse.

Eu sempre ensaio o que vou escrever na frente do espelho. Em *Rua do pecado*, na cena em que o personagem principal tenta o suicídio pulando da janela, eu, ensaiando, trepei no armário e pulei no assoalho do quarto, para ter uma ideia da sensação da queda. Quebrei vários ossos dos pés — o pé tem uma porrada de ossos —, mas escrevi uma cena memorável.

Então, ensaiei atear fogo às vestes. Despejei bastante gasolina na minha roupa, eu precisava sentir o odor do próprio corpo coberto de gasolina. Peguei um fósforo e acendi — claro que não ia encostar o fósforo aceso no meu corpo. Mas não sei o que houve e encostei e virei uma tocha.

Recebi a visita do meu editor no hospital.

"Os médicos disseram que você escapou milagrosamente. As pessoas que sofrem queimaduras como as suas sempre morrem. Todos os jornais noticiaram com destaque esse acontecimento. Até no exterior publicaram. Estou guardando todos os recortes. A televisão também noticiou em todos os telejornais durante vários dias. Está no YouTube, no Facebook, em toda parte."

"Foda-se", consegui dizer por entre as ataduras que envolviam o meu rosto.

"Agora, a melhor notícia de todas. *Rua do pecado* virou um best-seller. Já imprimimos mais duas vezes."

Olhei para o meu editor, ele tinha cara de ser um filho da puta, todo editor é um filho da puta.

"Vá para a puta que pariu", eu disse.

Fechei os olhos. Ouvi o ruído do filho da puta saindo do quarto.

# NA HORA DE MORRER

Não interessa se é o fim de tudo ou o princípio de alguma coisa. Quem está à espera, o céu — lugar de bem-aventurança, de felicidade completa para onde vão as almas dos justos — ou o inferno, esse lugar subterrâneo, habitação dos demônios?

Ele olhou para mim, cuspiu sangue e disse:

Aaiceooêê.

Sangue golfava.

Fala devagar, pedi.

Ele repetiu, lentamente. Desta vez, mesmo com o borbotão, entendi:

Vai se foder.

# BORBOLETAS

"Estou pensando em escrever um livro para velhotas solitárias."

"O quê? Está maluco? Velhotas solitárias gostam de ir ao teatro de van. E sabe por quê?"

"Não tenho a menor ideia."

"Primeiro elas têm a oportunidade de sair de casa, a van as apanha, leva ao teatro e traz de volta. Saem de casa, entendeu? Toda velhota quer sair de casa de noite; quando está lendo, ela não sai de casa, fica de camisola, pijama, ou lá o que for, cochilando com o livro no peito. Mas quando vai ao teatro, ela se arruma toda, precisa ir à manicure, ao cabeleireiro, entendeu?"

"Então para quem vou escrever o meu livro novo? Que tipo de livro? Autoajuda? Erótico?"

"Você não sabe fazer nem uma coisa nem outra. Já escreveu um livro de autoajuda, lembra? Você ajudava o leitor a aprender a pescar e andar de bicicleta. Lembra? Não sei como fui publicar aquilo. E o livro erótico? O personagem principal cose com linha e agulha os lábios vaginais da mulher que ama. As pessoas querem outro tipo de pornografia, que as excite, não que as aterrorize. Além do mais, o marquês de Sade já havia escrito exatamente isso. A crítica chamou você de plagiário."

"Eu não havia lido o marquês de Sade, juro, achei que era uma ideia original."

"Acho que você devia mudar de profissão."
"Eu não sei fazer outra coisa."
"Você não sabe fazer porra nenhuma."

Essa foi, em resumo, a conversa que eu tive com o meu editor, antes de parar de escrever. O dinheiro da venda da casa da minha tia — ela morrera e não tinha outros herdeiros — que depositara no banco estava acabando, eu tinha que dar um jeito de arranjar dinheiro.

Quem resolveu o meu problema foi uma velhota solitária.

Ela morava no mesmo prédio, eu no terceiro andar, ela no quarto. Sempre nos encontrávamos no elevador, e eu a cumprimentava gentilmente. Ela invariavelmente assumia uma atitude sedutora.

Um dia, depois de me dizer que o seu nome era Ariadne, ela perguntou: "Como é o seu nome?"

"Dionísio", respondi, com um sorriso irônico, esperando que ela percebesse que eu estava brincando, mas isso não aconteceu.

Como posso descrevê-la? Gordinha, cabelos pintados, lentes de contato ("óculos enfeiam a gente", ela me diria em outra ocasião), viúva.

"Ariadne é personagem importante da mitologia grega", eu disse.
"É mesmo? Gostaria de saber mais sobre ela. O senhor me conta?"
"Não me trate com tanta cerimônia, por favor..."
"Você me conta?"
"Claro, sei tudo sobre ela."

Na verdade, eu não sabia porra nenhuma, a não ser que era um personagem da mitologia grega.

"Você podia ir tomar um café na minha casa. Fica no andar de cima. Amanhã, à tarde, cinco horas, está bem?"

"Será um prazer", respondi.

Naquele dia, em casa, consultei uma das minhas enciclopédias. Não sei se já disse que tenho muitas enciclopédias e dicionários. Tenho dicionários antigos e modernos, tenho o Moraes, de 1789, tenho até um Bluteau, de 1728, vocês acreditam? Na verdade, baixei o Moraes e o Bluteau da internet, eu não teria dinheiro para comprá-los. Vão me perguntar por que, tendo acesso à internet, eu consulto enciclopédias. Muito simples: gosto de ler palavras impressas no papel.

Mas, voltando à Ariadne, a grega. Li tudo sobre ela e decorei as partes mais importantes, o que foi fácil, tenho ótima memória.

Às cinco horas em ponto toquei a campainha da d. Ariadne.

Ela abriu a porta e me recebeu com um beijo no rosto. Estava toda perfumada e maquiada, espremida numa cinta que afinava a sua cintura.

Levou-me para uma mesa com uma toalha bordada, sobre a qual havia xícaras de porcelana e talheres, que certamente eram de prata.

"Pensei que no lugar do café poderíamos tomar um chá com torradas. Sente-se, por favor."

Durante o chá, ela disse que os talheres pertenciam a um faqueiro de prata que ela ganhou de presente de casamento.

"Meu marido morreu, mas, felizmente, deixou-me em boa situação econômica. Agora, fale-me da minha xará."

"Ariadne, como lhe disse antes, é importante personagem da mitologia grega, envolvida com outras figuras mitológicas, como Teseu, que é mandado a Creta para ser sacrificado ao Minotauro, que habitava o labirinto construído por Dédalo. Teseu decide enfrentar o monstro, então, vai ao Oráculo de Delfos para descobrir como sair vitorioso. O Oráculo lhe diz que ele teria que ser ajudado pelo amor para vencer o Minotauro. Resumindo: Ariadne dá a Teseu uma espada e um novelo de linha, conhecido como o Fio de Ariadne, para que ele, segurando uma das pontas, pudesse achar o caminho de volta do labirinto. Teseu acaba vitorioso."

"Que coisa interessante", diz Ariadne.

"Teseu, Oráculo de Delfos, Dédalo, Minotauro, cada tema desses tem sido objeto de extensos estudos. Mas ainda não cheguei à parte mais interessante. É quando Ariadne se encontra com Dionísio, depois de ser abandonada por Teseu."

"Dionísio? Mas que coincidência."

"Existem várias versões sobre o relacionamento de Ariadne e Dionísio. A que eu prefiro é aquela em que Dionísio encontra Ariadne desesperada e procura consolá-la casando-se com ela. Eles têm vários filhos e vivem felizes."

"Isso tudo é verdade ou você inventou?"

"É tudo verdade. Eu só inventei o meu nome. Não é Dionísio, é José."

"José. Eu gosto desse nome."

Não sei por que perdi o meu tempo com aquela conversa toda.

Ariadne passou a me convidar para tomar chá várias vezes por semana. Depois me perguntou por que não íamos jantar fora num restaurante novo que acabara de ser inaugurado. Eu decidi ser franco com ela.

"Ariadne, estou arruinado. O dinheiro que eu tinha no banco acabou, eu não tenho emprego, não sei fazer outra coisa além de escrever e o que escrevo ninguém quer editar. Vou ter que vender o meu apartamento."

"Como?", ela exclamou. "Vamos deixar de ser vizinhos?"

"Infelizmente sim."

"Posso resolver isso, José. Eu tenho muito dinheiro."

Eu protestei, não podia aceitar nenhum dinheiro dela, um homem de caráter não faria uma coisa dessas jamais. Ficamos horas discutindo e, no fim, o ponto de vista de Ariadne acabou prevalecendo.

No dia seguinte, ela depositou uma soma elevada em minha conta bancária. Então, comecei a levá-la aos melhores restaurantes. Em pouco tempo aquele dinheiro acabou, e Ariadne passou a fazer regularmente um depósito em minha conta.

Não demorou muito e fui à farmácia, esperei um momento em que o balcão de atendimento estivesse vazio e pedi em voz baixa ao farmacêutico que me indicasse um remédio... Pelo meu ar sigiloso, ele percebeu o que eu queria e disse que existiam vários medicamentos para disfunção erétil — estou repetindo as palavras dele. Pedi o mais caro. Desde criança eu tenho a noção idiota de que as coisas mais caras são melhores.

Levei o medicamento para casa — eram pílulas —, li atentamente a bula e segui suas recomendações. Depois liguei para Ariadne e pedi para ela passar na minha casa.

Ariadne entrou, sentou-se no sofá da sala. Estava toda maquiada e perfumada. Sentei-me ao lado dela. Meu pênis estava murcho. Pensei, que merda de medicamento é esse? Então Ariadne me agarrou e aconteceu um milagre: o meu pênis endureceu. Imediatamente eu desnudei-me, sacudi o pênis duro na frente do seu rosto, levantei a sua saia, tirei a sua calcinha e enfiei o meu pênis na sua vagina, apressadamente, com medo que o efeito fosse de pouca duração. Ariadne gemia, gritava: "Ai, meu Deus, eu estava precisando disso!" Felizmente teve logo um orgasmo acompanhado de gemidos lancinantes. Eu me poupei. Ficamos inteiramente nus.

"José, eu te amo, eu te amo."

Então, por puro exibicionismo, fodi Ariadne novamente.

Estou contando o que aconteceu nos últimos quatro meses. Ariadne me encheu de presentes, até um Rolex ela me deu. Um dia eu pensei, estou agindo como um gigolô. Fui ao dicionário ver a definição de gigolô: Pessoa que namora, se relaciona com outra pessoa por interesses financeiros. Homem que é sustentado por prostituta ou amante. Sinônimos: cafetão, cáften, rufião, cafifa.

Esses dicionários são umas merdas. Fui ver a definição de cafetão: cáften, proxeneta, homem que explora prostitutas. Definição de rufião: homem que explora prostitutas. Ariadne não era uma prostituta, então, eu não era nada daquilo. Era o quê? Um homem honesto sustentado provisoriamente por uma mulher. Não havia nenhum desdouro nisso.

Passei a viver uma vida de luxo. Com Ariadne comia diariamente, sem enjoar, caviar Beluga, bebia champanhe Cristal, jantava nos melhores restaurantes da cidade e confesso que ambos, Ariadne e

*Amálgama*

eu, engordamos um pouquinho, ela criou uma barriguinha, mas a bendita pílula continuava fazendo efeito.

Vivemos assim quase um ano. Então aconteceu algo catastrófico. Ariadne sofreu um ataque cardíaco fulminante. Eu sabia que ela podia ser enterrada na mesma sepultura do marido e providenciei tudo. No enterro, somente eu estava presente, foi quando notei que não tínhamos amigos, nem parentes.

Ao voltar para casa fiz outra descoberta angustiante. Ariadne estava arruinada, devia dinheiro ao banco, o seu apartamento estava penhorado, havia vendido todas as suas joias — lembro-me de ter perguntado sobre as joias e ela me respondera que exibir joias era uma coisa burguesa —, tudo isso para continuarmos aquela falsa vida faustosa.

Felizmente eu tinha algum dinheiro guardado. Só gastávamos o dinheiro dela.

Pensei, pobre Ariadne, essas velhotas solitárias são mais vulneráveis do que uma borboleta.

E pensei também, que frase mais idiota, eu era mesmo um escritor de merda.

# LEMBRANÇAS

Ecmenésico,
anotou remédios,
horários,
na agenda
presa no braço por um elástico;
as lembranças antigas,
as mais antigas,
muito antigas,
não eram esquecidas nunca;
não sabia o que tinha almoçado hoje,
mas o almoço com sua namorada,
há sessenta anos,
era relembrado facilmente,
o cardápio,
a roupa
que ela usava,
a roupa
que ele usava,
os dois nus abraçados
na garçonnière,
os dois nus abraçados
na garçonnière,

os dois nus abraçados
na garçonnière,
os dois nus abraçados
na garçonnière,
os dois nus abraçados
na garçonnière,
os dois nus abraçados
na garçonnière,
os dois nus abraçados
na garçonnière,
os dois nus abraçados
na garçonnière,
os dois nus abraçados
na garçonnière,
os dois nus abraçados
na garçonnière,
os dois nus abraçados
na garçonnière,

# JOÃO E MARIA

"João, há quanto tempo nós estamos casados?"
"Sete anos, Maria. Não, não, seis. Espera, talvez sete. Seis ou sete."
"Oito."
"Oito?"
"Oito. Estamos casados há oito anos e você não sabe quem eu sou, não me conhece."
"Como não sei quem você é?"
"Você não sabe nada a meu respeito, as coisas que eu gosto, músicas, livros, qual o bicho que me dá medo..."
"E você sabe qual o bicho que me dá medo?"
"Barata. Você tem medo de barata."
"Não é medo, é nojo."
"E por isso sai correndo quando vê uma?"
"Aonde você quer chegar com essa conversa, Maria?"
"Quero apenas lembrar que você não me conhece, não sabe quem sou após oito anos de casados. Garanto que você nem reparou que quando vamos jantar num restaurante ficamos sem trocar uma palavra o tempo todo. Mas você fala sem parar com o garçom, pedindo, reclamando. Anda, diz, qual o bicho que me dá medo?"
"Escorpião?"
"Nunca vi um escorpião na minha vida, como vou ter medo de uma coisa que não conheço?"

"É um bicho que morde?"

"João, não vou dizer. Você não ouve o que eu digo. Qual o meu autor preferido?"

"Autor de quê?"

"Livros."

"E você sabe qual é o meu autor de livros preferido?"

"João, você não gosta de ler. Acho que nunca leu um livro na sua vida."

"Não se aprende a viver lendo, Maria."

"Como se aprende a viver?"

"Vivendo."

"João, isso já foi dito e escrito por tanta gente, há tanto tempo, que virou um lugar-comum. Outra coisa: Qual a comida que eu gosto?"

"Comida? Comida? Feijoada."

"Odeio feijoada. Quem gosta de feijoada é você. A cozinheira só faz o que você gosta, conforme suas instruções. Você nem percebe que eu praticamente nada como no almoço e no jantar. Sabe o que eu faço? Vou à rua e como no botequim um sanduíche e tomo uma xícara de café com leite."

"Por que você não reclamou?"

"Eu disse mais de mil vezes que não gostava de feijoada, que não gostava de buchada, tenho nojo desse prato feito com entranhas de bode."

"Pode ser também de carneiro ou ovelha."

"Disse milhões de vezes que não gostava de joelho de porco."

"É uma iguaria alemã, o nome é Eisbein."

"Toda semana tem essa coisa..."

"Um dia apenas por semana. A cozinheira só faz o Eisbein nas quintas-feiras. Mas Maria, qual é o objetivo dessa conversa estranha?"

"Eu já falei para você anteriormente."

"Falou o quê?"

"Que quero me separar de você?"

"Você falou isso? Quando?"

"Várias vezes."

"Não me lembro. Maria, eu estou atrasado, tenho um encontro com um cliente. Mais tarde a gente fala sobre isso."

"Sobre o que a gente fala mais tarde?"

"Comida, essas coisas que você mencionou..."

"E o divórcio."

"Sim, sim, Eisbein, feijoada, divórcio, tudo isso, mais tarde. Agora tenho que ir."

João dá um beijo em Maria e sai.

Maria senta numa poltrona. Depois de algum tempo, levanta-se, vai até a geladeira e apanha uma lata de coca-cola.

Enquanto bebe a coca-cola, Maria dá alguns arrotos e alguns suspiros.

# O APRENDIZADO

Li no jornal: "Aprenda a escrever, inscreva-se no nosso programa intensivo. Aprendizado individual. Curso A montanha mágica."

Consultei a agenda que guardo na bolsa. Estava lá o curso A montanha mágica.

Fiz todos esses cursos, A montanha mágica, Machado de Assis, Malba Tahan, Maquiavel, Marcel Proust, Malinowski, para citar apenas aqueles que começavam com M. Os professores, todos eles, começavam o programa falando sobre o título do curso. D'*A montanha mágica* lembro-me apenas que era um livro de Thomas Mann e que em alemão era *Der Zauberberg*. No curso Machado de Assis, o professor ficou uma semana falando nesse escritor. Só lembro que era mulato e casado com uma portuguesa. Do curso Malba Tahan, decorei o nome completo do autor, Ali Yezid Ibn-Abul Izz-Eddin Ibn-Salin Hank Malba Tahan, que foi usado como pseudônimo pelo escritor brasileiro Júlio César de Mello e Souza. Ah, sim, o Malba Tahan era persa e viveu em Bagdá. Do Maquiavel sei apenas que escreveu um livro intitulado *O príncipe*. Quanto ao Marcel Proust, o professor mandou os alunos lerem somente no fim do curso. E desse Malinowski eu não me lembro de nada, acho que era russo, não sei se está vivo ou morto. Mas acho que esses caras todos já estão mortos.

Os cursos eram caros, o mais curto durava seis meses, as aulas eram diárias. Todos davam diplomas. Tenho vinte diplomas e não consigo escrever um romance. Romance? Não consigo escrever nem mesmo um conto.

Enquanto isso, a minha vizinha acaba de publicar o seu terceiro livro. Sei que ela paga pela edição, eu também pagaria se conseguisse escrever alguma coisa.

Odeio a minha vizinha. É mais jovem do que eu, bonita, é alta, tem uma porção de namorados. Pensei em arranjar uma espécie de gigolô, dizem que existem muitos nesta cidade, mas fico com vergonha. Esqueci-me de dizer que sou uma mulher pequenina com cabeça grande. A altura eu aumento com o sapato de salto alto, mas a cabeça não há jeito de diminuir. Consultei os melhores cirurgiões da cidade e todos disseram ser impossível diminuir o diâmetro do crânio.

Acho que ainda não disse o nome da minha vizinha: Clara. A tez dela não é clara, deve ter sangue negro. Eu sou loura e tenho olhos azuis, mas sou muito sardenta. Fui ao médico. Ele fez um exame histopatológico das máculas hipocrômicas — tenho tudo aqui anotado — e concluiu que sofro de uma atrofia da epiderme, além de uma leve inflamação perivascular na derme superior. Não tenho a menor ideia do significado desse palavrório, mas creio que ele quis dizer que as sardas não tinham solução, igual à dimensão do crânio. Eu evitava olhar o meu rosto no espelho.

Os suplementos literários dos jornais noticiavam com espalhafato o último livro da Clara — o nome dela, literário ou verdadeiro, era Clara Bela —, intitulado *Desejos secretos*, que seria lançado ainda naquele ano. Além de ter uma patota que ela seduzia oferecendo jantares suntuosos com vinhos e patês franceses, Clara Bela tinha dinheiro, pagava para que escrevessem resenhas dos seus livros. E cada vez mais aumentava o rancor que eu sentia por ela.

Certa ocasião, eu estava vigiando da janela, como sempre faço, a casa da minha inimiga e vi que ela saía acompanhada, toda elegante, devia ir a alguma festa. Pouco depois, saíram as suas duas empregadas. Então, tive uma brilhante ideia. Sorrateiramente fui até o andar térreo da casa de Clara Bela, arrombei o vidro da janela e entrei na sua sala. Eu levava comigo uma lata grande com líquido inflamável usado em isqueiros. Andei pela casa e achei a biblioteca, com as paredes cobertas de estantes repletas de livros. Sobre a mesa, ao lado do computador, uma resma de papel onde se podia ler, na folha da frente, *Desejos secretos*, de Clara Bela. Umedeci os papéis, os livros, os tapetes da sala e, finalmente, depois de achar o computador portátil, coloquei-o ao lado do computador de mesa, empilhei todos os disquetes e pen drives, encharquei tudo com o combustível e acendi com um fósforo. Um clarão eclodiu sobre a mesa, como se um sol rutilante tivesse surgido ali.

Enquanto caminhava para a janela do andar térreo por onde havia penetrado na casa, fui criando fogueiras por todos os lados.

De volta à minha janela, jubilosa, com alegria na alma e no coração, contemplei a casa de Clara Bela se incendiando, cintilante, uma coisa linda. Os *Desejos secretos* estavam agora mais do que ocultos, tinham virado cinzas.

Ao ir para o meu quarto, passei na frente de um espelho. As minhas sardas tinham desaparecido e a minha cabeça estava menor. Deus existe.

# FLORIPES

"Você não acha", diz Floripes, "que devíamos ficar noivos? Estamos namorando há mais de dois anos, vou fazer trinta anos..."

Para mudar de assunto, pergunto: "Como é mesmo aquela história do seu nome?"

"Já te contei, várias vezes."

"Mas gosto de ouvir."

Sei que Floripes adora contar as lendas referentes ao seu nome.

"Está bem, está bem. Floripes era uma moura encantada que deambulava à noite na vila de Olhão. Os pescadores acreditavam que, seduzidos pelo seu feitiço, morreriam ao tentar atravessar o mar. Mas isso é apenas um resumo duma história enorme sobre a formosa mulher vestida de branco que, durante a noite, aparecia na porta do Moinho do Sobrado. Você quer ouvir tudo?"

"Uma parte, pelo menos."

Eu não queria voltar ao assunto referente ao noivado.

"Ela usava um véu sobre o rosto e uma flor nos cabelos louros", continuou Floripes. "Apenas uma pessoa, uma única pessoa, que se chamava Julião, teria falado com ela. 'Sou a desditosa Floripes', disse ela, com uma expressão triste no rosto, 'uma moura encantada. Quando a minha raça foi expulsa da província, viu-se o meu pai obrigado a partir, sem poder prevenir-me. Eu tinha um namorado, que também fugiu, e aqui fiquei sozinha, aguardando a cada momento que o meu pai me viesse buscar. Numa noite em que esperava, vi ao longe a luz de uma embarcação. A noite era de tormenta, e o barco espatifou-se de encontro aos rochedos. Não era o meu pai que ali vinha: era o meu namorado, que foi engolido pelas ondas. O meu pai soube deste funesto acontecimento e, vendo que não lhe era possível vir buscar-me, fazendo uso da magia, deixou-me aqui. Só existe uma maneira de salvar-me.'"

Floripes fez uma pausa.

"Meu amor", disse ela, "vou resumir a história, temos coisas mais importantes para conversar."

A coisa mais importante sobre a qual ela queria falar era o noivado. Senti que suava frio.

"Resumindo a história, a única maneira de salvar a moura encantada era um homem lhe dar um abraço à beira de um rio e logo feri-la no braço esquerdo. Em seguida, ele teria que acompanhá-la até a África, e lá casar-se com ela. Mas Julião tinha casamento marcado com outra mulher e recusou-se a fazer o que Floripes pedia. E assim, Floripes continuou encantada, vagando durante a noite e apavorando os pescadores de Olhão. Pronto, chega."

Eu sabia o que viria em seguida.

"Então, quando ficamos noivos?", perguntou Floripes.

Sei que Floripes está doida para casar devido à sua idade. Ela diz que vai fazer trinta, mas na verdade vai fazer quarenta anos.

"Não sei, minha querida, estou aguardando uma promoção..."

"Você está aguardando essa promoção há mais de um ano", respondeu Floripes, sem esconder sua irritação. "E você sabe que tenho recursos, meu pai, quando morreu, deixou-me uma grande quantidade de bens."

Meu erro foi ter tido, como direi, intimidades com Floripes quando a conheci. Mas o meu desejo logo perdeu a força, expirou. E quando ela quer ir para a cama comigo, dou uma desculpa, digo para esperarmos o casamento, que é mais correto agirmos assim. Na verdade, sei que novamente deixarei de ter uma ereção, e não poderei dar a mesma explicação, como aconteceu antes, dizer que não estou me sentindo bem.

"Podemos passar a nossa lua de mel em Olhão", disse Floripes, "é uma cidade linda, fica no Algarve, uma região do sul de Portugal que tem o melhor clima da Europa."

Neste momento estou no meu apartamento de quarto e sala, em Copacabana. Pode haver coisa pior do que morar em um apartamento de quarto e sala na avenida Nossa Senhora de Copacabana? Quando chego do trabalho, gosto de caminhar na rua, mas em Copacabana isso é impossível. As ruas vivem cheias o dia inteiro, gente fazendo compras, sujeitos vendendo bugigangas, mendigos pedindo esmolas, velhos e velhas, gente de todas as idades olhando vitrines cheias de porcarias, enquanto os carros e ônibus e caminhões que trafegam pela avenida fazem um barulho infernal e enchem os nossos pulmões de gases cancerígenos. Eu inventei a minha promoção, não vou ser promovido. Floripes pensa que sou escriturário, mas sou contínuo. Vou ter de casar com a Floripes.

Mas li, não sei onde, que existe o chamado "casamento branco ou celibatário, sem relações sexuais". Vou propor isso a Floripes. Como será que ela vai reagir?

Ai, meu Deus, não sei o que fazer.

# SEM TESÃO

Deixa de conversa fiada, ela diz,
não me interessa.
A Europa está decadente, insisto,
os crioulos lá na África
lembram buanas opressores
e matam os hipopótamos;
na Escandinávia nascem
mais e mais louras insossas;
e os privilegiados do mundo
comem continuamente,
lautamente, rico banquete
interminável, e às vezes
recostam-se nas poltronas
e arrotam discretamente.
Já disse que não me interessa,
ela repete.
Eu insisto: além disso, não se esqueça,
o Produto Nacional Bruto
cresceu nesta época do ano
bem menos do que foi previsto
pelos economistas,
não obstante subsista

uma incerta euforia,
dos tecnocratas otimistas,
quanto a um melhor desempenho
do setor agrícola.
Já disse,
ela grita,
quero saber se você
ainda me ama,
anda,
diz, eu te amo.
Mas eu não disse,
e ela começou a chorar,
em silêncio, só as lágrimas escorrendo,
e não há nada,
não há nada
mais comovente do que uma mulher chorando calada,
e eu disse,
eu te amo.
Amor é uma coisa,
compaixão é outra,
os dois duram pouco.

# ANIMAL DE ESTIMAÇÃO

Qual o animal que eu gostaria de ter?, Nina me perguntou.

O que eu gosto mais é cavalo e, entre os cavalos, eu queria ter um Crioulo, mas podia ser de qualquer raça, Pampa, Manga-larga, Campolina, Appaloosa, Lusitano (muito elegantes), Quarto de milha, Árabe (se eu fosse rico), qualquer um desses, mas eu queria mesmo era ter um Crioulo, a raça de cavalo que eu montava no Exército. Porém, isso eu não disse para Nina.

Os sentidos do cavalo são superiores aos dos seres humanos. O tamanho do olho é de 5 x 6,5cm, um dos maiores entre os mamíferos existentes, o que indica que ele depende basicamente da visão para obter informações sobre o ambiente em que vive. Nenhum outro mamífero tem olhos tão grandes proporcionalmente ao seu tamanho e, ainda por cima, um em cada lado da cabeça, o que lhe permite uma visão independente para cada olho, isto é, o cavalo pode olhar em diferentes direções ao mesmo tempo. Eles possuem um grande senso de equilíbrio e um sutil sentido de tato, são capazes de sentir uma mosca pousar em qualquer parte do corpo. São inteligentes, aptos a resolver desafios cognitivos e até mesmo a contar, se a quantidade for até quatro. Isto tudo eu aprendi no Exército.

Mas não mencionei nada disso para Nina. Fiz um ar pensativo.

O segundo animal da minha preferência é o cão. Mas detesto Lulu, Chihuahua, Schnauzer, Spitz, Pequinês etc. Gosto de cachorro grande. Mas também isso eu não disse para Nina.

(Entre parêntesis: a única coisa que me incomoda por não ter dinheiro é não possuir uma estrebaria para o meu cavalo e um apartamento maior para o meu cão. Eu moro num conjugado.)

Então, Nina voltou a perguntar, que animal você gostaria de ter?

Eu não ia falar em cavalo e cão para aquela bela e recatada jovem. Você diz primeiro, Nina, diga qual o animal que você gostaria de ter?

Eu já tenho, ela respondeu.

Mas qual é o animal?

Lagartixa, ela respondeu, adoro lagartixa. Você gosta de lagartixa?

O que eu poderia responder a uma moça que me pergunta se eu gosto do bichinho de estimação dela?

Gosto, gosto.

Você não quer ir lá em casa ver a minha lagartixa?

Quero, quero muito, respondi.

Você precisa vê-la andando nas paredes do meu quarto.

Deve ser uma coisa linda, respondi.

No sábado, logo que cheguei à casa de Nina, ela me disse, os meus pais foram viajar e nós estamos sozinhos. Vamos para o meu quarto.

As luzes do quarto dela estavam apagadas.

Morro de medo do escuro, posso abraçar você?, Nina perguntou, me agarrando. Essa é a minha cama, deita aqui comigo.

Nina tirou a roupa dela e a minha. Sou um cavalheiro e nada falarei sobre isso.

Ah, é mesmo, a lagartixa. Acho que ficou com medo de mim e não apareceu quando acendemos as luzes do quarto.

# SONHOS

Eu era um saci-pererê, tinha perdido uma perna lutando capoeira, gostava de fumar cachimbo, usava um gorrinho vermelho igual ao do trasgo, esse ser encantado da terra da d. Julieta, a portuguesa de Trás-os-Montes que fazia arroz-doce para mim. Alguns me achavam um ser maléfico, outros, um brincalhão. Na verdade, eu era as duas coisas. Diziam que era um negrinho, mas esse era apenas um dos meus disfarces. Eu era uma mistura de raças. Africano, português, italiano, Petrônio — dizem que o Petrônio que escreveu aquele livro contando suas façanhas homossexuais era meu antepassado; mas eu não acredito, os sacis não têm homossexuais na família. Quando disse isso, ouvi uma gritaria de protestos. Ah!, esses homossexuais estão em toda parte, cada vez em maior número.

Nesse momento, acordei.

Ultimamente tenho tido os sonhos mais esquisitos. Sonhei que era um anão verde, que era um gigante, que era uma minhoca, que era uma unha encravada com micose, que era um saco de pipocas.

Contei para a minha analista. Ela cruzou as pernas. O nome dela é Eunice. Ela vive cruzando as pernas e usando saias cada vez mais curtas. As pernas da dra. Eunice são muito bonitas.

"Um saco de pipocas?"

"Bem, para ser exato, eu não era um saco de pipocas, eu era as pipocas dentro do saco."

"Conte outro sonho", pediu a dra. Eunice, cruzando as pernas.

"Tem um... Esqueci... É mais um sonho impossível, este é impossível mesmo..."

"Você disse que esqueceu e depois acrescentou que era mais um sonho impossível."

"Só me lembro que era um sonho impossível."

"Há uma frase de Goethe que sempre recordo ao falar de sonho: *Gosto daquele que sonha o impossível*", disse a dra. Eunice.

"Eu sonho que... que eu..."

A dra. Eunice cruzou as pernas, esperando.

"Que eu..."

"Anda, diga."

"Não tenho coragem."

"Você tem coragem de contar que sonha que é uma minhoca, um saco de pipocas..."

"Não", interrompi a doutora, "as pipocas dentro do saco."

"Um anão, uma unha encravada com micose — existe alguma coisa mais impossível do que isso?"

"Existe, mas não, não, não posso contar."

"O analisando precisa ter a coragem de contar tudo para o analista. Na psicanálise, o terapeuta, no caso presente eu, conduz a interpretação dos significados inconscientes presentes na fala, nos sonhos e nas ações do analisando. Em 1899, há mais de cem anos, portanto, Freud escreveu um livro intitulado *A interpretação dos sonhos*, em que aborda os mecanismos psicológicos dos 'sonhos'."

Novamente, a dra. Eunice cruzou as pernas. Ela tinha coxas lindas. Não eram grossas, eram como gosto, magras e bem torneadas, e ela tinha braços finos e peitos pequenos — que diabo, eu não posso ficar pensando essas coisas, ela é minha analista, é uma cientista, uma pessoa séria.

Então, enchi-me de coragem.

"Sonho que estou na cama com a senhora."

A dra. Eunice cruzou e descruzou a perna.

"Dormindo?"

"Não."

"Fazendo o quê?"

Fiquei calado, olhando para o chão. Eu queria olhar as pernas dela, mas não tive coragem.

"Fazendo o quê?", a dra. Eunice repetiu.

"Sexo", murmurei.

"Como? Há muitas maneiras de fazer sexo."

A dra. Eunice cruzou e descruzou as pernas.

"Começa assim..."

"Continue."

"Estamos nus na cama... E eu estou..."

"Continue."

"E eu... eu estou lambendo a senhora... o seu corpo inteiro... e permaneço mais tempo..."

"Permanece mais tempo... Continue."

A dra. Eunice cruzou e descruzou as pernas.

"Lambendo suas partes íntimas..."

"Que partes íntimas?"

Voltei a olhar para o chão.

"Anda. Diga os nomes. Não vou ficar chocada. Nós, analistas, fique sabendo, não nos chocamos nunca com aquilo que ouvimos dos nossos analisandos. Nunca."

A dra. Eunice cruzou e descruzou as pernas.

"Vagina e ânus..."

"Você sente prazer em fazer isso?"

"Nunca fiz, quero fazer com a senhora."

A dra. Eunice, para meu espanto, sentou-se no sofá onde eu estava e tirou a roupa. A nudez da dra. Eunice tinha a beleza de um pôr do sol.

"Eu também sempre desejei que me fizessem isso", ela disse.

Fiquei assustado, nervoso, com aquela declaração da dra. Eunice. Mas logo me recuperei.

A dra. Eunice e eu passamos a fazer isso e muitas outras coisas. Perdi a analista.

Tudo bem, eu não precisava mais fazer análise. Deixei de sonhar com o saci-pererê, com unha encravada, deixei de ser minhoca.

Mas continuava sonhando com a dra. Eunice.

# FÁBULA

Todo mundo sabe como se define a palavra fábula: uma história curta de onde se tira uma lição ou um preceito moral. Lembro-me de quando era criança alguém alegando que aquela leitura seria importante para a minha educação, dando-me para ler *As fábulas de Esopo*, uma coleção de narrativas creditadas a um escravo contador de histórias que viveu na Grécia Antiga, nos anos 620-560 a.C.

Como disse um estudioso, a fábula é um conto de moralidade popular, uma lição de inteligência, de justiça, de sagacidade, trazida até nós desde a mais remota antiguidade.

Já adulto, uma noite eu estava deitado no meu quarto, lendo, quando notei que um corpo estranho deitara-se na minha cama. Era um inseto escuro, de uns sessenta milímetros de comprimento. Gosto de todos os animais, mas é claro que tenho minhas preferências; além dos favoritos, cavalos e cães de grande porte, eu gosto muito de sapos e lagartixas. Percebi que o meu visitante era uma cigarra. Durante o verão eu as ouvia cantar na praça que fica perto da minha casa.

Para não assustá-la, apaguei a luz da cabeceira. Eu durmo sem me mexer muito na cama. A cigarra também. Foi uma noite tranquila.

Pela manhã, ao acordar, a cigarra estava quieta, certamente estranhava aquele ambiente. Eu vesti-me apressadamente, peguei a cigarra, levei-a para a praça e coloquei-a numa árvore.

Quis saber mais sobre o meu visitante. Aquele som lancinante é emitido pelo macho procurando seduzir a fêmea para o acasalamento, é uma súplica de amor que comove o coração de quem ouve.

Então, lembrei-me da fábula de Esopo, "A cigarra e a formiga".

Qual é a lição, o preceito moral desta fábula? Que cantar é um crime que merece ser punido? Que a alegria é um mal a ser combatido? Que o desejo e o amor devem ser execrados?

Todo animal, de certa forma, tem uma atividade predatória maior ou menor, claro que ninguém chega a ser tão destruidor quanto o ser humano. Mas entre a formiga e a cigarra, quem é pior? Algumas poucas cigarras, cujas ninfas, ao se alimentarem da seiva das plantas, causam danos à árvore, ou os milhões de formigas, que, organizadas em verdadeiros exércitos apocalípticos, escondidas em buracos, saem de maneira sorrateira sem nenhum tipo de desejo ou amor a não ser o de roubar furtivamente plantações inteiras para estocar em seus subterrâneos?

*As fábulas de Esopo* são uma lição de astúcia, de inteligência, de sagacidade, uma lição moral?

Podem jogar essa merda no lixo. O meu exemplar eu já joguei.

# PREMONIÇÃO

Todo mundo já ouviu falar sobre premonição, já viu um ou dois filmes sobre o assunto — eu vi um em que o personagem principal é um áugure, um sacerdote da antiga Roma que fazia presságios, previa o futuro a partir do canto e do voo das aves. Intuição, pressentimento, presságio, agouro, é tudo a mesma coisa, isto é, porra nenhuma, pura superstição.

Eu namorava — quer dizer, comia — uma garota chamada Madeleine. No dia em que a conheci, eu estava no ponto do ônibus e ela passou dirigindo seu carro e perguntou "quer carona?" e eu aceitei. O ônibus da ilha para a cidade demora um tempão para passar. Dentro do carro me apresentei, "meu nome é José", e ela respondeu, "o meu é Madeleine".

Brinquei com ela, "você é a Madeleine do Proust?". Ela não entendeu a piada. Não gosto de mulher burra, mas perdoei a ignorância dela, ninguém lê Proust e, para falar a verdade, ele é um chato.

"Você não vai explicar essa história da Madeleine do... do... como é o nome?"

"Proust. É um escritor que num dos seus livros, *Em busca do tempo perdido*, no original *À la recherche du temps perdu* — confesso que eu sou um pouco exibicionista, sou bibliotecário e quando o assunto é livro eu gosto de ostentar os meus conhecimentos, mas creio que todo mundo é assim —, mas como eu dizia, nesse livro o Proust fala do prazer que invadiu os seus sentidos ao comer uns bolinhos que ele chama de *petites madeleines*. Assim que comeu, imediatamente as vicissitudes da vida deixaram de incomodá-lo, uma nova sensação o dominou, como se o amor o tivesse enchido com uma essência preciosa, e ele deixou de se sentir medíocre, mortal. De onde vinha aquela alegria tão poderosa, o que significava, como defini-la?"

"Que história linda", disse a Madeleine ao meu lado. (É claro que eu não contei o desenlace desta história, isso fica para depois.)

Foi assim que o nosso romance começou. Em pouco tempo Madeleine estava louca por mim, mas eu sabia que o meu interesse por ela ia durar pouco. Isso nada tem a ver com premonição, eu sabia tudo que ia acontecer porque sempre, depois de comer algumas vezes a dona, eu perco o interesse nela.

Esse é o carma das Madeleines. A do Proust, todos sabem, depois que o francês comeu a segunda, o prazer foi menor, e depois de comer a terceira, ainda menor. Era tempo de parar, ele pensou, a poção perdeu a sua magia. É assim com mulher, depois que você comeu várias vezes, a trepada perde o encanto.

A minha Madeleine é muito bonita, é loura, tem olhos azuis e um corpo perfeito. Eu queria dar o bilhete azul a ela, mas não conseguia, não por ela ser bonita, mas devido à viagem diária para a cidade que fazia no seu carro.

Então, ela me perguntou: "Você não gosta mais de mim?"

"Por que você pergunta isso?"

"Há mais de um mês que nós... que nós..."

"Meu amorzinho, a culpa não é sua, você é a mulher mais atraente do mundo, o problema é que eu não estou bem... Alguma doença... não sei..."

"Já foi ao médico?"

"Claro."

"O que foi que ele disse?"

"O que foi que ele disse?", repeti a frase dela.

"Sim, o que foi que ele disse?"

Fiquei em silêncio, sentindo-me um crápula.

"O que foi que ele disse?"

Num arroubo, resolvi confessar tudo.

"Eu sou assim, perco o interesse depois de algum tempo e não consigo fazer amor com a mesma mulher..."

"Não consegue mais fazer amor comigo?"

"Não. Me perdoa."

Foi então que tive a premonição. Estávamos atravessando a ponte, indo para a cidade, e eu vi, como um áugure romano, que ela ia bater na mureta e jogar o carro no mar.

Ouvi o fragor do violento impacto.

# OS POBRES E OS RICOS

Bola 7 bateu na porta da minha casa, minha casa porra nenhuma, meu barraco, nem meu barraco é, eu alugo essa merda, fica no alto do morro e lá embaixo eu vejo as casas dos bacanas todas iluminadas, os putos dão festas todos os dias, o dinheiro está sobrando, e eu tenho ódio deles, tenho ódio de todos os ricos, todo mundo odeia os ricos, e eu jogo pedras nas casas dos putos, mas as pedras não chegam lá, eu sou raquítico, sempre comi mal, não tive peito de mãe para mamar e, no abrigo, só tomava pela metade uma espécie de sopa de massa, e o Bola 7 bateu na porta do barraco e entrou, todo curvado, carregando um embrulho, e disse, gaguejando, ele tinha antigamente o apelido de Gaguinho, mas, depois de matar três que o chamaram de Gaguinho, ninguém mais teve coragem de chamar o Bola 7 de Gaguinho, mas ser chamado de Bola 7 ele não se incomodava, ele é um fodão na mesa de sinuca, eu também jogo, mas sou perna de pau, sou nervoso quando vejo as bolas na mesa, a branca tacadeira, tenho medo de esquecer o valor delas e fico repetindo para mim mesmo, vermelha um ponto, amarela dois, verde três, marrom quatro, azul cinco, rosa seis e a preta sete, o Bola 7 era preto retinto, igual a bola sete da mesa, mas eu fico nervoso e começo a fazer merda na tacadeira e encaçapo a bola errada e sou castigado e me fodo em copas, e o Bola 7 me disse, abrindo o embrulho que carregava, vou deixar essa joia com você, aqui os homens não dão as caras, você tem ficha limpa, venho apanhar quando a barra estiver limpa, e me mostrou uma espécie de carabina, eu nunca tinha visto nada igual, e o Bola 7 disse, este é um fuzil ganan, ou fuzil garnan, um nome assim, e isso aqui em cima é uma lente telescópica, com ela você vê longe, esconde bem este material, devo voltar aqui em uma semana, e o Bola 7 embrulhou o fuzil com a tal lente que via longe e ele mesmo escondeu o embrulho no armário, mas antes me disse, ela tem uma bala para ser disparada, mas está travada, está vendo isto aqui, isto trava e destrava o fuzil, assim trava, assim destrava, vou travar, viu?, está travada, e saiu depois de espiar a rua, e não demorou muito, acho que dois ou três dias, e me disseram que o Bola 7 havia sido morto pela polícia, e então, de noite, eu fui no armário e tirei o fuzil de dentro do embrulho e olhei pela lente a casa toda acesa de um rico filho da puta e levei um susto, eu via a cara das pessoas, as roupas das mulheres, os garçons servindo todo tipo de bebida, umas claras, outras escuras, em todo tipo de copo, uns compridos, outros redondões, outros pequenos, e os ricos riam, rico ri o tempo todo, então eu pensei, vou matar um filho da puta desses, o certo seria o dono da casa, mas eu não sabia quem era o dono da casa, então escolhi um gordo, o cara é gordo porque come muito, da mesma forma que eu sou magro porque passo fome, então, conforme o Bola 7 ensinou, eu destravei a arma e mirei no gordo e apertei o gatilho e atirei e o gordo caiu no chão e todos os ricos começaram a correr de um lado para o outro, não sabiam de onde a morte tinha atacado e eu fiquei no escuro olhando pela lente, sempre pensei que a felicidade não existia, mas a felicidade existe, eu estava feliz.

# CRIANÇAS E VELHOS

Eu não gostava de crianças. Ficava irritado só de olhar para elas. Creio que jamais casei por isso, para não ter filhos; toda mulher quer ter filhos e eu não ia escapar dessa obsessão feminina, o bebezinho, esse pequeno animal que só sabe chorar, mamar e cagar, como disse o Freud.

Arranjei um cachorro, um cachorro grande, não há filho que se compare a um cachorro. O cachorro te ama a vida inteira e o filho te odeia a vida inteira. Acho que o Freud também disse isso.

Antes de me aposentar, eu era contador — vivia debruçado sobre livros de contabilidade e, devo acrescentar, não via as coisas de perto, mas via as de longe, isso tem um nome que o oculista me disse, mas eu esqueci. Como ia dizendo, eu era contador e me curvava cada vez mais para ver aquela infinidade de números e sentia dores horríveis nas costas, minha coluna vertebral, devido à minha postura, estava, estava, como direi... estragada, isso mesmo, estragada. Minha profissão fez de mim um aleijão.

Toda noite eu tinha o mesmo pesadelo, eu me afogava em números, ficava sem ar e morria sofrendo horrores. Eu deitava e ficava um tempo enorme procurando uma posição que facilitasse eu pegar no sono. Ora sobre o lado esquerdo, ora sobre o direito, ora de barriga para cima, demorava um tempo enorme agitando-me na cama até que dormia e sofria o meu pesadelo: números que pareciam paralelepípedos iam cobrindo a minha cabeça, eu não conseguia respirar e morria. Acordava em pânico. Toda noite isso.

Meu cachorro, que se chamava Sigmund — claro, que outro nome ele poderia ter? —, era um vira-lata muito inteligente, todos os vira-latas são inteligentes, alguns cães de raça são sabidamente burros, mas eu não vou dedurar os pobrezinhos. Escrevi dedurar, uma palavra grudada, mas ela não devia ter um hífen no meio, dedo-durar? — preciso comprar um dicionário, preciso comprar uma porção de coisas, mas um computador eu não compro, todo mundo pergunta, fingindo surpresa, "você não tem computador?", respondo "não", o mais secamente possível, mas um dicionário eu preciso ter, mas como eu dizia, o Sigmund morreu com 17 anos. Vou contar uma coisa: eu não chorei quando minha mãe morreu, quando meu pai morreu, mas quando o Sigmund morreu eu chorei a noite inteira.

No dia seguinte fiquei sem saber o que decidir. Se levava o Sigmund para ser cremado no Crematório de Cães ou se o enterrava no Cemitério de Cães da Marambaia. Optei por enterrá-lo.

O Cemitério da Marambaia ficava um pouco longe, para quem morava, como eu, na Zona Sul da cidade. Marambaia é um bairro do município de São Gonçalo e o primeiro lugar no Brasil a ter um cemitério específico para cães. Gostei do cemitério, mas a cidade me decepcionou, ruas esburacadas, cheias de lixo, muitas igrejas de várias denominações e muitos motéis para encontros eróticos às margens da rodovia que dá acesso à cidade. Voltei para casa pensando que devia ter cremado o meu querido Sigmund e guardado as cinzas numa urna de prata com seu nome em alto-relevo.

Estou aposentado. Creio que já falei isso. O médico disse que eu devia andar algumas horas diariamente, seria importante para a minha saúde. Passei a andar pelas ruas do meu bairro e então aconteceu algo extraordinário, anormal, espantoso, chocante mesmo. Nem sei como contar isso.

Na rua havia sempre uma porção de crianças, umas sendo empurradas nos carrinhos, outras caminhando acompanhadas pelas babás, outras com as avós, algumas, poucas, com as mães, e essas crianças eram muito bonitas, principalmente as meninas de três a cinco anos, com seus vestidinhos compridos até os tornozelos. Eu olhava para elas encantado, parava para vê-las correr dando pulinhos, as crianças nessa idade correm sempre dando pulinhos, mesmo se estão dando a mão para quem as acompanha.

O que estava acontecendo comigo? Uma crise psicótica, como diria o Freud? Eu estava pasmo, assombrado, bestificado com tudo aquilo que estava sentindo. Como acontecera aquele fenômeno, não sei que outro nome dar a isto, eu que olhava com repugnância todas as crianças subitamente passava a vê-las como seres encantadores... Espero que nenhuma pessoa com uma mente doentia imagine que o meu encanto com crianças tivesse alguma coisa a ver com pedofilia. Sinto o maior desprezo pelos pedófilos. Creio que todos eles deviam ser castrados e encarcerados.

Fui ao médico. Contei-lhe o que estava acontecendo. O meu médico nunca tinha pressa. Sempre ouvia com atenção todas as minhas queixas e procurava entendê-las, suas razões, seus remédios.

"Todas as crianças são lindas?", o médico perguntou.

"Não, nem todas. Algumas são feinhas. Umas são mais bonitas que as outras e umas são mais feias que as outras."

"Pode ficar tranquilo", disse o médico. "Sua capacidade de perceber, analisar, avaliar não está afetada. E os nossos critérios mudam com o tempo, você gosta de um escritor e em determinado momento não gosta mais, ou de um ator, ou de uma música, ou de uma mulher. O ser humano é assim. Tenho um cliente que estava apaixonado por uma mulher e que agora não suporta ouvir a voz dela. A paixão acabou."

"Preciso tomar algum remédio?"

"Não. Continua andando na rua."

Segui as instruções do médico. Mas andar na rua, coisa que eu nunca fazia nos meus tempos de contador, estava sempre me causando surpresas.

Um dia, já era fim de tarde, quando notei em uma esquina uma menina chorando.

"Você está sozinha?", perguntei.

Ela fez um gesto afirmativo com a cabeça.

Peguei na mãozinha dela. Pensei em levá-la ao distrito policial mais próximo. Eles saberiam como encontrar a sua família.

Assim que peguei na mão da menina ela parou de chorar.

"Como é o seu nome?"

"Maria", ela disse.

"Quantos anos você tem?"

"Quatro."

Não sei o que me fez tomar essa decisão, mas em vez de levar a menina para o distrito policial eu a levei para a minha casa. No caminho comprei uma porção de guloseimas, doces, chocolates, biscoitos.

Ao chegarmos, perguntei se ela estava com fome. Ela respondeu que sim. Comeu os doces com sofreguidão, a menina estava faminta. Depois disse que estava com sono. Preparei uma caminha para ela no sofá da sala. Ela dormiu logo em seguida.

Passei a noite cochilando na poltrona ao lado do sofá, uma luz acesa. Maria demorou a acordar, creio que eram oito horas da manhã. Dei leite e biscoitos para ela. Enquanto comia, ficamos conversando. Deduzi que ela fora abandonada. Não tinha mãe e vivia com uma mulher que ela chamava de "titia".

"Você quer ficar morando comigo?"

"Quero."

Neste mesmo dia comprei uma porção de roupas para a Maria. Eu tinha que tomar inúmeras providências. Diria que ela era minha neta, conseguiria um registro civil para ela e a matricularia numa escola.

Conversei com o meu médico sobre isso. Ele me apoiou. Levei a Maria para ser examinada por ele, que disse que ela estava bem, apenas apresentava sinais de subnutrição.

Sei que isto que estou contando parece uma invencionice. Não é. Não demorou muito e Maria estava no colégio. Dizia que gostava muito de mim. E eu respondia dizendo que gostava muito dela.

Esqueci de contar uma coisa. A Maria não era bonita. Mas também não era feia. Não existe criança de quatro anos feia.

Bem, vou deitar. O pesadelo está me esperando.

# FODA-SE

Eu vivia estressado, preocupado com tudo, se perdia uma dessas ordinárias canetas bic, ficava ansioso, aflito, revirava a casa procurando e, se não a achasse, ficava infeliz. Quando perdi um livro, que aliás não era grande coisa, uma biografia da Safo — a Safo é boa, a biografia é que era mal-escrita —, eu entrei em depressão uns três dias.

Aconteceu quando perdi um par de sandálias havaianas.

Aconteceu até mesmo quando perdi uma camisa velha e rasgada.

Esse estado mental acabou causando efeitos colaterais: úlcera no estômago, dores de cabeça, bursite e, o que é pior — nem sei como dizer isso —, impotência sexual.

"O que está havendo com você?", perguntou a minha namorada, depois que não consegui, pela terceira vez, ter uma ereção, apesar dos esforços da bela jovem — sim, ela era bonita, tinha um corpo perfeito.

Consultei um médico especialista.

"O que está havendo comigo, doutor? Tenho apenas quarenta anos e já estou impotente?"

"Meu caro", disse o médico, vou lhe dar uma informação confidencial. Quase todos os meus clientes que sofrem de *impotentia coeundi*..."

Cortei a fala do médico.

"O que é isso?"

"Disfunção erétil. Mas como eu dizia, a maioria dos meus clientes impotentes tem cerca de quarenta anos. Há várias teorias para essa..."

Cortei novamente.

"O que posso fazer para acabar com isso?"

"Procure um psicanalista. Nesse meio-tempo, tome uma dessas pílulas", disse ele escrevendo uma receita.

Comprei o remédio que ele receitou e telefonei para Helena — é esse o nome da minha namorada —, combinando um encontro em minha casa naquela noite.

Tomei a pílula e passei a tarde inteira andando de um lado para o outro. Vez por outra apalpava o meu pênis, mas ele estava murcho, parecia até ter diminuído de tamanho. Já disse que sou um sujeito preocupado, que vive apreensivo, temeroso de que suceda algo negativo, e com razão, até hoje não achei a minha caneta bic.

Helena chegou linda, me abraçou, me beijou, disse carinhosamente que estava morrendo de saudades minhas.

Fomos para a cama. Ah, meu Deus, não posso me lembrar sem uma horrenda pungência o que aconteceu: não consegui que o meu pênis ficasse ereto, apesar dos esforços da Helena.

Ela saiu da cama e se vestiu em silêncio. Eu também fiquei calado, inerte, sob o lençol, com vontade de cobrir a cabeça ou pular pela janela. Não sei o que se passava pela cabeça dela, o seu rosto estava triste, talvez pensasse que a culpa era dela, isso acontece muito, o homem brocha e a mulher se acha responsável; ou então sentia pena de mim, quarenta anos, um belo apartamento e impotente.

Fui ao psicanalista lacaniano indicado pelo médico que me receitara aquelas pílulas inúteis.

Era um homem careca, de óculos, orelhas grandes, talvez não fossem tão grandes assim, a calvície dava-me essa impressão, dedos curtos e uma laringe proeminente.

Ouviu calado, com ar pensativo, a minha história.

"As pressões sociais... ambientais... perspectivas..."

Sua fala era toda entrecortada.

"Continue...", ele acrescentou.

"Já contei tudo", eu disse.

"Família... pai... mãe..."

"Não tenho família."

"Explique isso..."

"Meus pais morreram quando eu era criança e fui criado por uma tia..."

"Ah", ele disse, como se tivesse descoberto a pólvora. E acrescentou: "A sessão está encerrada, mas nossa próxima pode demorar bem mais."

Perguntei se podia pagar com cheque ou cartão de crédito.

"Como lhe disse ao marcarmos a consulta, eu só aceito como pagamento dinheiro em espécie."

Paguei e não voltei mais lá.

Fui para casa pensando, quem podia me curar era eu mesmo. Descobri que eu gostava de ficar preocupado, acho que é o que acontece com todos os estressados. Mas eu precisava me livrar disso.

Peguei uma caneta-tinteiro de boa marca e deixei no balcão do banco. Cheguei em casa e disse para mim mesmo: E agora, vai sofrer?

Mas não sofri.

Durante um mês perdi coisas propositadamente e não sofri. Até que um dia perdi, sem querer, um relógio de pulso. Então, o sofrimento começou a comer por dentro, mas disse, na verdade, gritei, "Foda-se o relógio de pulso!".

Fui para a janela e gritei novamente, "Foda-se o relógio de pulso!".

Senti uma tranquilidade, uma harmonia interior que me deixou feliz. Eu descobrira uma palavra mágica.

Então, fui a um joalheiro e pedi que fizesse em ouro uma pequena placa com a palavra "Foda-se". A plaqueta num cordão de ouro foi colocada no meu pescoço. Não a tiro nem para tomar banho. Nem para fazer amor com a minha adorada Helena.

"Querido, você está uma fera, estou toda esfolada."

Mulher gosta de ficar sentindo não só na alma, mas também no corpo, as marcas e cicatrizes do amor.

Ontem eu perdi o meu carro. Ele não estava no seguro. Fui no boteco, pedi um chope, ergui o copo, disse "foda-se" e tomei um gole. O chope estava uma delícia.

Sei que tem gente que não vai acreditar nesta história que estou contando.

Foda-se.

# ALQUIMIA
# FLÁVIO CARNEIRO

Amálgama. [Do lat. dos alquimistas *amalgama*]. *Fig.* Mistura de elementos que, embora diversos, contribuem para formar um todo. (É o que nos diz um bom e velho Aurélio).

Lançado em 2013, *Amálgama* traz uma coletânea de contos — alguns com jeito de crônicas, outros de apontamentos — e algo inusitado para um renomado autor de ficção, publicado nos quatro cantos do planeta: poemas.

A mistura a que se refere o título não se dá, porém, apenas no cruzamento de gêneros distintos. Colocando no mesmo cadinho contos com frases que às vezes lembram versos, pelo lirismo e contundência, e poemas conduzidos por fios narrativos que os aproximam bastante da prosa curta, o livro traz de volta, amalgamados (e não apenas reunidos ao acaso), traços recorrentes nos livros anteriores, desde o de estreia, *Os prisioneiros*, de 1963, passando pelos romances e coletâneas que viriam nos anos e décadas seguintes.

Por exemplo, os dentes como signo. Alguém já deve ter rastreado como funciona a semiótica dos dentes na obra de Rubem Fonseca. Aparecem como signo de poder, se são bons dentes, firmes, fortes, ou de inferioridade econômica e social, gerando, claro, profunda discriminação quando são ruins, podres ou não existem.

Ser banguela ou completamente desdentado — na ficção e na vida, digamos, real — é um sinal de menos. Ter dentes bons, que mordem com força, que podem ser mostrados sem pudor num sorriso aberto, é marca de riqueza e poder, como lemos várias vezes no conjunto da obra do ficcionista. (Não nos esqueçamos da cena de abertura do conto "O cobrador", na coletânea de mesmo título, de 1979.)

Em *Amálgama*, um assassino de aluguel abre a boca de uma mulher que estava onde não deveria estar, como um elemento inesperado na cena do crime, e constata que não se trata de uma mulher pobre. E isso nem tanto pelas roupas que usa, mas sobretudo porque "seus dentes eram perfeitos, sem nenhuma cárie".

Nesse mesmo conto, "Decisão", o assassino, que não mata mulheres, também tem o seu particular código de conduta, que o faz optar por salvar a vida daquele a quem deveria matar. Quando o homem a ser assassinado está exatamente onde se esperava que estivesse naquele dia e naquela hora, o crime já se anunciando, o assassino, pistola nas mãos, se depara com uma surpresa que o faz poupar sua vítima. Era um anão. "Anão também não mato."

Essa espécie de código de ética dos matadores de Rubem Fonseca se estende aos animais (lembremos de *O seminarista*, entre outros), que também comparecem aqui como seres indefesos, que precisam de proteção. Há uma sede de justiça que se sobrepõe, nesses matadores, à própria missão de matar. Justiça que busca proteger sobretudo os desvalidos, violentados todos os dias por uma sociedade movida por valores mesquinhos, em que a grana e o poder sempre falam mais alto.

Em *Amálgama*, essa galeria retorna não apenas na figura do matador de aluguel, mas de personagens comuns, de vida simples, discreta, quase monótona, que se veem de repente diante de situações limítrofes, levando-os a decisões difíceis, muitas vezes radicais. É o caso do morador de um apartamento num prédio em frente a um parque, com um lago no qual um desconhecido todos os dias afoga os gatos vira-latas que caça por ali. O morador vê tudo de sua janela e um dia resolve abordar o assassino. O homem não mata

Capa da primeira edição de *Amálgama*, livro vencedor do Jabuti na categoria Contos e Crônicas, em 2014.

nem barata, mas, diante do matador de gatos indefesos, vai precisar agir, como se ouvisse os versos de Walt Whitman citados na epígrafe do conto: "Isto é o que você deve fazer."

É o caso, também, do jovem ciclista justiceiro, que trabalha fazendo entregas pela cidade. Enquanto não pode realizar o sonho de trabalhar no circo, estrelando o número do Globo da Morte — ele sabe que o número é feito com uma moto, mas é tão habilidoso na sua bicicleta que tem certeza de conseguir arrebatar com ela as plateias lotadas —, usa a valorosa bicicleta como arma contra as pessoas más, que ele reconhece só de olhar para elas na rua.

É assim que atropela dois ladrões, prestes a assaltar uma velhota, e acaba com a raça do homem que batia numa criança diariamente, e num lance de sorte ganha as páginas dos jornais ao derrubar com a bicicleta um homem armado, famigerado sacripanta procurado pela polícia. O jovem ciclista justiceiro, diga-se de passagem, atribui às pessoas más o fato de sua mãe ser desdentada e ele, pobre-diabo, estar seguindo pelo mesmo caminho.

Dentes como signo de poder, anões, matadores com código de ética, justiceiros sem nome e sem glória se misturam, neste potente amálgama, a outra figurinha fácil no multifacetado álbum de personagens de Rubem Fonseca: escritores (lembremos, dentre outros, do Gustavo Flávio de *Bufo & Spallanzani*, de 1985).

Aqui, eles reaparecem em José, espelhando outro elemento que atravessa boa parte da obra do autor: a presença de personagens chamados José, num ousado jogo entre a biografia e a ficção, ou autoficção, criada pelo escritor José Rubem Fonseca, ou Zé Rubem para os íntimos. José, frustrado por não vender nada, recebe do editor um conselho: "você devia mudar de profissão." Ele, no entanto, insiste, decidindo escrever um livro para "velhotas solitárias", sem sequer desconfiar de que vai acabar se envolvendo com uma.

Frustrado (e desbocado) é também o personagem escritor de "Best-Seller", que, por acaso, e a duríssimas penas, descobre o segredo do sucesso.

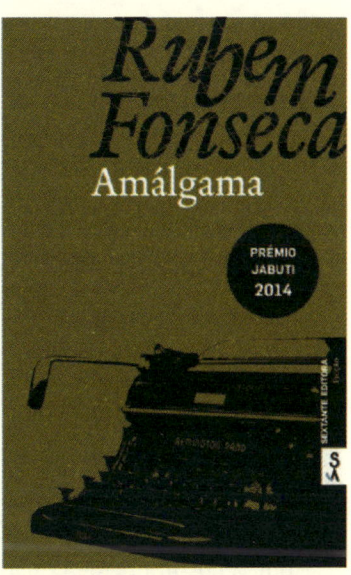

Capas das edições portuguesa e mexicana, respectivamente.

Já a escritora protagonista de "O aprendizado" prefere buscar outro caminho. Depois de colecionar diplomas de diversos cursos do tipo *aprenda a escrever*, em que não aprendeu nada, ou quase nada, ficou sabendo que um tal Machado de Assis era mulato e casado com uma portuguesa e decorou o pseudônimo completo de um brasileiro chamado Júlio César de Mello e Souza: Ali Yezid Ibn-Abul Izz-Eddin Ibn-Salin Hank Malba Tahan.

Além destes, ressurge em *Amálgama* uma série de tipos que compõem a vasta colcha de retalhos estampada nas páginas de Rubem Fonseca. Dentre eles, os personagens leitores — dos livros e do mundo (vide o homem que segue mulheres pelas ruas e as lê em movimento, no conto "O espreitador") —, os loucos (das mais variadas estirpes, mas todos com cara de normal), os românticos (que quase sempre se dão mal no fim), os feios e feias (alguns com dinheiro, outros não), os sedutores e os seduzidos.

São personagens em que se misturam o comum e o inusitado, personagens, na sua maioria, que não se destacam no cotidiano da cidade grande, que vivem suas pequenas, ou não tão pequenas assim, aventuras anônimas. E que o autor recorta da vida, dos sonhos, dos livros que leu (Rubem Fonseca, sabemos, era um leitor inveterado) para compor um mundo fascinante.

Mundo que se cria no papel em ritmo rápido, com enredos envolventes, diálogos curtos e precisos, atravessado pelo humor, pela crítica social, pela imaginação, mas, sobretudo, pela constatação de que somos todos, em última instância, um amálgama de outras pessoas, mortas e vivas, reais e inventadas.

Neste livro, talvez de forma mais clara do que em outros de Rubem Fonseca, o amálgama, mais do que fio condutor na construção de personagens e enredos, é ele mesmo o protagonista.

Aqui, a costura benfeita não se dá apenas entre os textos reunidos no livro — que formam, mais do que uma simples miscelânea, um todo em que se articulam de modo engenhoso cada uma de suas partes —, mas entre estes e outros romances e contos do autor, que parece se divertir ao se disfarçar de si mesmo a cada linha. Desse preciso e inventivo jogo de espelhos, resultam personagens, cenas, tramas ao mesmo tempo familiares e surpreendentes, em que reconhecemos a face sinuosa do saudoso alquimista.

# O AUTOR

Contista, romancista, ensaísta, roteirista e "cineasta frustrado", Rubem Fonseca precisou publicar apenas dois ou três livros para ser consagrado como um dos mais originais prosadores brasileiros contemporâneos. Com suas narrativas velozes e sofisticadamente cosmopolitas, cheias de violência, erotismo, irreverência e construídas em estilo contido, elíptico, cinematográfico, reinventou entre nós uma literatura *noir* ao mesmo tempo clássica e pop, brutalista e sutil — a forma perfeita para quem escreve sobre "pessoas empilhadas na cidade enquanto os tecnocratas afiam o arame farpado".

Carioca desde os oito anos, Rubem Fonseca nasceu em Juiz de Fora, em 11 de maio de 1925. Leitor precoce porém atípico, não descobriu a literatura (ou apenas o prazer de ler) no *Sítio do Pica-pau Amarelo*, como é ou era de praxe entre nós, mas devorando autores de romances de aventura e policiais de variada categoria: de Rafael Sabatini a Edgar Allan Poe, passando por Emilio Salgari, Michel Zévaco, Ponson du Terrail, Karl May, Julio Verne e Edgar Wallace. Era ainda adolescente quando se aproximou dos primeiros clássicos (Homero, Virgílio, Dante, Shakespeare, Cervantes) e dos primeiros modernos (Dostoiévski, Maupassant, Proust). Nunca deixou de ser um leitor voraz e ecumênico, sobretudo da literatura americana, sua mais visível influência.

Por pouco não fez de tudo na vida. Foi office boy, escriturário, nadador, revisor de jornal, comissário de polícia — até que se formou em direito, virou professor da Escola Brasileira de Administração Pública e de Empresas da Fundação Getulio Vargas e, por fim, executivo da Light do Rio de Janeiro. Sua estreia como escritor foi no início dos anos 1960, quando as revistas *O Cruzeiro* e *Senhor* publicaram dois contos de sua autoria.

Em 1963, a primeira coletânea de contos, *Os prisioneiros*, foi imediatamente reconhecida pela crítica como a obra mais criativa da literatura brasileira em muitos anos; seguida, dois anos depois, de outra, *A coleira do cão*, a prova definitiva de que a ficção urbana encontrara seu mais audacioso e incisivo cronista. Com a terceira coletânea, *Lúcia McCartney*, tornou-se um best-seller e ganhou o maior prêmio para narrativas curtas do país.

Já era considerado o maior contista brasileiro quando, em 1973, publicou seu primeiro romance, *O caso Morel*, um dos mais vendidos daquele ano, depois traduzido para o francês e acolhido com entusiasmo pela crítica europeia. Sua carreira internacional estava apenas começando. Em 2003, ganhou o Prêmio Juan Rulfo e o Prêmio Camões, o mais importante da língua portuguesa. Com várias de suas histórias adaptadas para o cinema, o teatro e a televisão, Rubem Fonseca já publicou 17 coletâneas de contos, uma antologia, um livro de crônicas e 12 outros livros, entre romances e novelas. Em 2013, lançou *Amálgama*, vencedor do Jabuti de contos e crônicas. Em 2015, ficou entre os finalistas na mesma categoria com seu *Histórias curtas*. No início de 2017, lançou *Calibre 22*. Em 2018, chegou ao público seu último livro, *Carne crua*.

DIREÇÃO EDITORIAL
*Daniele Cajueiro*

EDITORA RESPONSÁVEL
*Janaína Senna*

PRODUÇÃO EDITORIAL
*Adriana Torres*
*Mariana Bard*
*Nina Soares*

REVISÃO
*Rita Godoy*
*Alessandra Volkert*

PROJETO GRÁFICO DE MIOLO
*Angelo Bottino*
*Fernanda Mello*

DIAGRAMAÇÃO
*Futura*

Este livro foi impresso em 2021 para a Nova Fronteira.
As fontes usadas no miolo são Garage Gothic e Starling.